大人
山下跌倒

文◇王文華　圖○徐至宏

審訂／國立故宮博物院院長　吳密察

目錄

人物介紹

多娜老師

可能小學最神祕的老師之一。目前只知道她在羅馬尼亞修完碩士課程，研究的主題是德古拉爵士吸血時右邊第三顆牙齒神經傳達法門。或許在羅馬尼亞住太久，她說話有濃濃的外國腔，或許研究吸血鬼太久，她的皮膚蒼白，犬齒特尖，和她說上三分鐘的話，就會打從心裡冷了起來。而學生每次進入她管理的可能博物館，都會發生一段奇怪的事。

曾聰明

可能小學四年愛班學生，智商破表，體力極差，特愛網路、考試與嚴格的老師。可能小學不常考試，這也讓他很困擾，還曾連寫三十六封信給校長，提醒他該多多考試。校長答應他會列入考慮，這一考慮，就考慮到現在。上回他和郝優雅竟然搭著騰雲號火車遊臺北，因為沒車錢，還被迫去當煤炭工，這回呢……

郝優雅

可能小學四年愛班學生，媽媽希望她能舉止優雅，特別把她取名叫做郝優雅。沒想到她整天活蹦亂跳，從小跟著教有氧舞蹈的爸爸學攀岩，三年級考到救生員執照，四年級擁有高山嚮導證，立志要在二十歲前，爬完臺灣百岳，騎單車環遊全世界。上回她竟然變成十二姨太的丫鬟，被十二姨太整得很慘，好險她回來可能小學了。她發誓再也不要碰上這種回到過去的事，但在可能小學，誰能保證什麼呢？

山下鐵島

日本警察暴力排行榜第二名，是空手道與合氣道高手，曾連奪五屆全日本警察空手道冠軍，處事嚴厲，鐵面無私，臺灣人私下都叫他「山下跌倒」。這麼嚴肅的人回到家，遇到他的兩個寶貝兒子，立刻化身成慈祥老爸，乖乖趴在地上當小馬。

廖金花

據說她是義賊廖添丁叔叔的兒子的鄰居的表妹，擅長化裝術、輕功與暗器，投石問路是她的不傳絕技。曾經三入臺灣總督府，盜來總督大人的洗臉盆、枴杖與眼鏡。但因三次都用不同面目出現，總督府警備隊長使盡咬斷甘蔗的力量，卻連小偷是男是女，還是不男不女都查不明白，真是八格……的傷腦筋。

紅鹿仙

口說千古事，指化百萬兵，那就是布袋戲大師紅鹿仙。紅鹿仙最近倒楣了，日本人要他放西洋唱片演布袋戲，他不願意；日本人要他的布袋戲演忍者猿之助的故事，他也不願意。日本警察氣極了，吊銷他的演出執照，不讓他演戲，紅鹿仙只能在市場賣豬尾巴。他的生意好——差，儘管三天賣不出一條豬尾巴，紅鹿仙還是不肯向日本人低頭。

阿雄

英雄出少年，少年頭手阿雄精通日語和臺灣話。他的布袋戲功力盡得紅鹿仙真傳，改編的孫悟空東遊記更是臺灣人每天必看必笑的節目。必看是看孫悟空痛打桃次郎；必笑是笑討厭的日本人被孫悟空打得唉唉叫。

前情提要

天氣晴朗，陽光不強，早晨的風好涼，穿著藍金制服的小女孩，背著書包來到一道寬闊的大門前，門上有行金色的字。

「沒有不可能的事！」

女孩輕聲讀完，這些字再次重新融合排列：

把三隻變色龍，十二隻蚊子和一隻鱷魚放進透明玻璃箱，共有幾隻腳？

「這……」女孩開始苦惱。

「變色龍四條腿，蚊子六隻腳，四隻腳，所以……」

「八十八隻腳！」她大叫。

大門靜靜的望著她，動也不動。

後頭來了個小男孩，男孩眼中看到的是另外兩行字：

一盒披薩切六塊，分給六個小朋友，結果盒子裡還剩下一塊披薩，為什麼？

男孩大叫一聲：「我知道，因為最後一個小孩把披薩和盒子一起拿走了！」

「喀啦——」

大門開了。

而女孩面前的門，還是動也不動。

她急忙拉住男孩說：「曾聰明，幫我啦！」

「什麼題目？」女孩的數學題，曾聰明看不見。

女孩把題目唸出來，還加上解法：「十二加七十二加四，不是八十八嗎？」

「郝優雅，你的腦筋要再靈活些，想一想動物的天性。」

曾聰明笑著走進大門時，郝優雅拍手大叫：「我知道了，變色龍吃蚊子，鱷魚吃變色龍，鱷魚只有四隻腳。答案是四，對不對？」

大門裡傳來一陣低沉的聲音：「可能小學學號五五五〇，答題時間一分二十六秒，因為參考別人提示，此題不算，再來一次。」

門上又出現一道新題：桌子上有十八支點燃的蠟燭。張飛打噴嚏，吹滅了三根；岳飛重感冒，哈啾一聲，也吹熄兩根。最後，桌上剩下幾根蠟燭？

「剩五根，其他的都燒完了。」這回她沒上當。

「可能小學學號五五五〇，答題時間六秒，歡迎光臨可能小學，祝您今天學習愉快。」

這是可能小學每天清晨都會發生的事，清晨動動腦，學習效果特別好，這道數學大門，不知道鍛鍊過多少孩子的大腦，可是卻沒有一題重複過。

有這種大門？

當然，因為——可能小學是一所充滿無限可能的校園。

它位於捷運動物園站的下一站。

「可是動物園都已經是終點站了，怎麼還會有下一站？」

喔，千萬別忘了可能小學的校訓：在可能小學沒有不可能的事。

一般遊客，到了動物園站，只急著去看無尾熊和貓熊，沒注意到有一群孩子還留在車上。

遊客下光後，列車長會再次開動列車，把他們載到學校去。

可能小學的課程很精采，孩子幾乎都不請假的。

你不相信？

曾經有個孩子，爸媽要帶他出國旅行，他不肯去，寧願每天在可能小學打地鋪，一連十二天，就是怕沒上到可能小學的課。

曾經有個女孩，參加完世界盃溜冰大賽，又坐了十八個小時飛機飛回來，隔天一早，照樣打著哈欠上學。

曾經有個男孩因為火山……

曾經……

有太多的曾經，卻有相同的結果：在可能小學，沒有孩子想請假。

這證明了：可能小學的課程好精采，精采到不管你是牙齒痛、沒睡好，還是遇到超級大颱風橫掃全臺，你都捨不得請假，就是想到可能小學來。

像今天，高年級準備學降落傘，他們要從空中認識這個島；低年級

前情提要

的小孩正在用沙拉油桶做變形金剛。

校園某處，還傳來一陣尖叫，那是一棟三層樓高的建築——可能博物館。

這個博物館裡塞了一顆三層樓高的透明大球。當初不知道是先有大球，還是先建大樓再把大球塞進去，至今無人能詳細說明。

這個謎，名列可能小學十大未解謎題的第九名。

可能博物館裡的收藏品，經過不斷的擴充，目前有三件：一位是西拉雅老頭目，手持荷蘭人的權杖；一位是名叫牛德壯的侍衛，他有個據說屬於鄭成功的千里鏡。

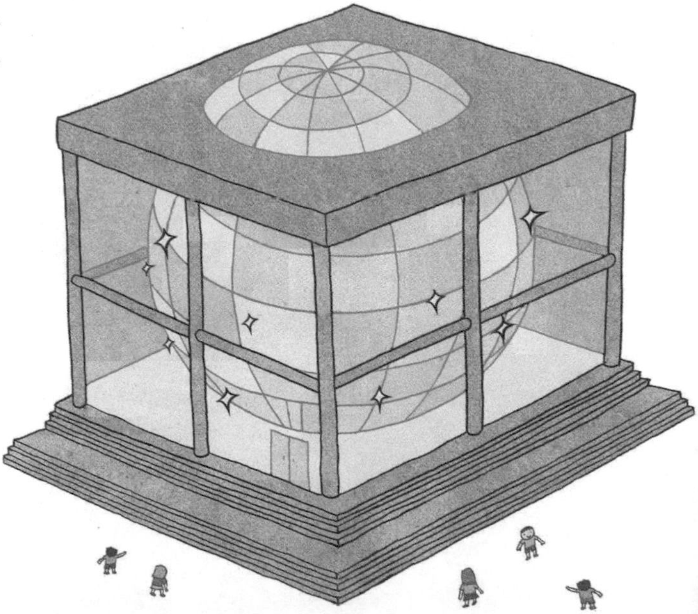

老頭目說的話沒人懂，可能小學四年級的曾聰明卻能跟他溝通。不是曾聰明會說四百年前西拉雅人的話，而是老頭目比的手語，曾聰明能猜出來。

牛德壯侍衛來自三百多年前的福建泉州，他是鄭成功的部下，也曾和郝優雅並肩作戰。他信任郝優雅，對她言聽計從。

最新一件收藏品，也是透過可能任務找來的。一份一百多年前，由一位潛伏在臺灣的忍者畫出來的地圖。地圖上，寫滿密密麻麻的日文。故宮博物院的學者來了又來，就只為了把它借出來好好研究。

四年級的學生，在可能博物館裡看過三百多年

前，荷蘭人占領臺灣的時代；用3D投影生存遊戲親臨鄭成功大戰紅毛人的戰場；也曾經到戶外，搭著劉銘傳建的臺灣第一輛蒸汽火車。

今天早上，博物館裡的多娜老師打算做什麼？沒有人能從多娜老師的表情猜出來，她總是冷冰冰，像吸血鬼德古拉伯爵一樣，偶爾又會很激動，甚至比自由女神還要熱情百倍。

今天呢？博物館外，牛德壯在練拳，老頭目對著天空祈禱。那張忍者畫的地圖啪啪作響。

孩子們推開博物館大門，咦，原本應該充滿陽光的透明球裡，竟然是一片黑暗。

1 老戲臺，新故事

博物館正中央，有一座老戲臺。天花板上，鵝黃的投射燈光，靜靜照在它身上。

沒有聲音，卻感覺隨時有齣戲要上演。

「這個春帆樓戲臺，是布袋戲的彩樓。」多娜老師介紹，「日治時期的作品，算一算有上百年了，你們仔細看它的雕工，每一根柱子雕花都很細膩，細部被時間磨圓了，這種古老滄桑的美所留下的歲月痕跡，值得細細品味。」

多娜老師冷冰冰的語調，難得的激動，如果曾聽明沒看錯，她的眼睛，天哪，她的眼睛什麼時候變成綠色的？

「老戲臺，會說話，你們能聽到嗎？這裡，曾有多少才子佳人在上頭相會，多少英雄豪傑在臺上翻滾；又有多少孩子坐在臺下，望著它哈哈大笑？」

郝優雅很理性，在她眼中，斑駁的紅漆，老舊的木頭，實在看不出有什麼神奇。她忍不住想伸手摸摸，哎呀，更氣餒了，根本沒有戲臺，只是個立體投影機照射出的畫面罷了。

「這有什麼好……」

她話還沒說完，啪啦啪啦，一串輕響，博物館裡頭的燈全滅了。

四周瞬間黑漆漆。

「怎麼了？」

「停電了？」

「燈壞掉了嗎？」

膽小的哭了，膽大的笑了，孩子們亂成一團。

「噓，別亂！」多娜老師的聲音，冷冷的，卻能讓人安靜下來。

「坐下來，慢慢來，不要急，慢慢往四周退，只要摸到牆壁，沿著牆找到門，只要門一打開……」

「那就有光進來了。」不知誰在接話。

怪就怪可能博物館的遮光效果實在太好了，郝優雅在地上摸來摸去，什麼也摸不到，好不容易找到牆，可是牆壁怎麼又凹又凸，她仔細的摸索。四條腿，長長的臉，像是摸到一匹小馬，馬上還有個拿大刀的武將，難道……

「這不是牆吧，是老戲臺上的雕花？」但她立刻否定自己的想法，「這戲臺是投影出來的呀。」

為了確認自己的想法，她又緩緩伸出手去，這回還沒摸到戲臺，先碰到一隻肥肥的小手。

「哎呀！」不知道是誰大叫一聲：

「誰？是誰？」

那聲音，熟到不能再熟，郝優雅沒好氣的說：「曾聰明，你沒事幹麼扮鬼嚇人？」

「我……我沒有，這是戲臺……」

「你……你也摸到戲臺？」

「住口！」又有人大喝一聲。

「又是誰？大頭嗎？」

「哪裡來的綠林宵小，竟敢直呼我的名號？」那人說的是道地的臺灣話，中氣十足，卻不像愛搗蛋的大頭。

「你不是大頭。」

「哼，本大俠就是大頭，行不改名，坐不改姓的——神劍鐵拳歐陽大頭。」

歐陽大頭？這是什麼怪名字？

黑漆漆的博物館，漸漸有點兒亮了，光線讓人心安。

是剛才的投射燈嗎？

燈光越來越亮，大概是電來了。

鵝黃的燈光，簇紅的布幔，他們發現自己正站在後臺。

後臺投射出一班樂師的身影，鑼鼓鐃鈸，笛子嗩吶，吹吹打打好不熱鬧。

是音控室裡的老師把音量調大了嗎？

總之，樂曲迸進耳朵，所有聲音都立體起來。

這個投影片做得真好，操偶師站在臺上，手裡有個頭大大的，拿著劍的布偶。

「原來這就是神劍鐵拳歐陽大頭。」曾聰明笑著說。

郝優雅輕輕拉拉他的衣角。

「怎麼了？」

她在戲臺雕花的鏤空中，找到一個小小的縫隙。

縫隙擋不住藍汪汪的天空，外頭有個擠滿了人的廣場，好多孩子坐在大人肩上，小小的腳丫子盪啊盪。

廣場四周，煙霧裊裊，那是烤玉米和香腸攤，拿糖葫蘆和麥芽糖的小販在人群裡穿梭，孩子們在奔跑，後頭跟著兩隻公雞和一隻神氣的大白鵝。

廣場盡頭是廟，紅色筒瓦，盤龍石柱，一頂神轎在兩個大神尪仔的開道下，緩緩走過來，鞭炮劈里啪啦，驚起榕樹上的麻雀，麻雀飛上藍藍的天，成了最美的風景一幅。

郝優雅心裡有點納悶，怪怪的，卻說不上來。

她想了一下，終於想到，是衣服，他們的衣服看起來現代卻又陌生；說是古代又不像，那是……

難道這是幾十年前的立體影片？那時候怎麼會有這樣的攝錄影機？

為了看清楚，郝優雅幾乎要鑽進後臺了。

曾聰明覺得奇怪，一個老戲臺，有什麼好看的呀？

「別看了吧。」他拉著郝優雅。

「等一等，看起來……」郝優雅又向前一步。

戲臺上多了個很凶的聲音：

「都什麼節骨眼了，還看什麼看？速速跑去菜市仔，緊請師尊紅鹿仙來。」

郝優雅愣了一下，她抬起頭，操偶師父正望著她，眼睛眨也不眨。

不可能啊，他只是個投影人物，但是這個投影出來的人物，開口就抑揚頓挫的說：

「速請師尊紅鹿仙回返媽祖宮，今日這齣戲，若無伊來相挺，無法再演下去啦。」

郝優雅再無疑義，操偶師不但看得到她，還在跟她說話。

她不由自主的問：「菜市場在哪裡？」

「出廟口，過四條街，」操偶師直指廣場說：「大煙筒管旁邊就是虎尾菜市仔，速速緊去，莫躊躇！」

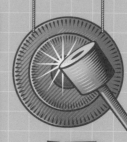

轟動武林驚動萬教的布袋戲

有句話說：「一口道盡千古事，十指弄成百萬兵」，指的就是布袋戲。

小朋友應該都看過布袋戲，它是兩百多年前，由大陸泉州、漳州的移民引進臺灣，經過兩百多年來的演出、傳承與創新，已經成為臺灣的特色文化之一。

布袋戲，分為前後場，前場要靠操偶師演出，操偶師必須揣摩各種角色的語氣、用詞，光靠一張嘴就能表演出生、旦、淨、末、丑、雜等各種角色，要讓每個戲偶踏上舞臺時，都能有自己的生命，說自己的話。

三分前場，七分後場，可別小看後場喔！

戲偶在臺上的喜怒哀樂，得靠後場樂師的配合，如果去掉音樂，將軍出場不再威風，小旦哭泣也不再感人，可見後場多重要了。

布袋戲的舞臺，變化也很大喔！早期的古典布袋戲用木雕彩樓，受限於狹窄的空間，能提供欣賞的觀眾人數較少，後來發展出金光布袋戲，只要簡單的彩繪布景做舞臺，一輛卡車就能載著舞臺四處巡迴表演了。到了一九七○年代，電視布袋戲出現後，更完全跳脫固定的舞臺，布袋戲也要出外景，也要搭大場景，開創出新的布袋戲想像空間。

近年臺灣的布袋戲，引進現代劇場的概念，加入電子化的聲光效果，布袋戲偶越來越大，甚至拍成電影，有專屬的電視頻道，更藉著網路傳播到全世界，吸引更多人由此認識臺灣。

精緻的布袋戲臺，道盡人間喜怒哀樂。（圖片提供 / 吳梅瑛）

2 山下跌倒

從戲臺往下看，廣場只有一步遠。

從戲臺上跳下去，有一種跳進果凍裡的感覺，時間很難說清楚，似乎不到一秒鐘，卻也好像過了幾分鐘，風颼颼颼的，五彩的光四射，怎麼會這樣？想問也沒人好問。

等他們站在廣場上……

喔，他們都覺得頭有點暈。

不過，陽光照在身上很舒服。

天空看起來更藍，空氣中多了一股甜甜的香氣。

曾聰明做了個深呼吸。「這附近有糖廠，說不定還有賣冰棒。」

郝優雅用力捏了曾聰明一把，他痛得大叫：「你幹麼捏我？」

「不是在做夢，我們又進入一個奇怪的時代？」她自言自語。回頭仔細看，戲臺上翻翻滾滾，鑼鼓聲鏗鏗鏘鏘，一場武打戲演得正是精采：

神劍鐵拳歐陽大頭的對手是日本神偷桃次郎。桃次郎揮著武士刀，騰空躍起，歐陽大頭不躲不閃，對著武士刀一拳打去。

鏘！刀斷成兩截，桃次郎跪地求饒。

「原諒你也可以，不過，你要用滾的，滾回去內地，知否？」歐陽大頭搖頭晃腦。

臺下觀眾爆出笑聲：

「對對對，用滾的回去內地。」

「這款四腳仔，別放他走啦！」

人們的話聲伴著鑼鼓響，熱鬧極了。鏘鏘鏘鏘，不知道誰喊了一句：「山下跌倒來啦！」

「山下跌倒？快把衣服穿好。」

「布袋戲師，你再演，又要被吊銷執照了啦。」

山下跌倒？那是什麼暗號？

他們兩個聽不懂，只覺得好像在看一場電影，倍速快轉的那一種。

神轎瞬間不見蹤影，威風凜凜的千里眼被扛進廟裡，順風耳來不及脫下衣服，乾脆在人群裡拔腿狂奔。

像演戲一樣，聲音卻那麼安靜，只剩戲臺——

戲臺上又一陣嘰哩呱啦，郝優雅仔細聽才明白，是日語……

「歐伊西伊！」

「卡哇伊阿諾撒庫拉——」

「撒喲拉娜答歐都拜——」

原本是神劍鐵拳歐陽大頭在痛打神偷桃次郎，這會兒情勢卻變了，桃次郎大顯神威，一劍把歐陽大頭給殺了，頭飛落戲臺下，眼睛在半空中還繼續眨呀眨……

更怪的是音樂，鑼鼓嗩吶換成西洋音樂，郝優雅學過幾年鋼琴，她知道這是莫札特的月下小夜曲，啊，是後臺的樂師在放唱片。

布袋戲配月下小夜曲，實在很怪。

廣場外頭卻有人在喝采。

「嗯，速庫利達！」那是一個留著八字鬍的日本警察。

「尼轟忍假，斯夠伊。」

「山下大人您好。」廣場上的人對他都很恭敬，乖乖鞠躬，哇，身體彎成九十度。

山下跌倒也不看人，自顧自的鼓掌叫好：「對啦，對啦，演戲就要演這種皇民戲，大大的好看！」

「嗨！嗨！大人說得是，嗨！」前面的人腰更彎了。

「原來他就是山下跌倒？」郝優雅偷偷的笑。

「不是山下跌倒啦，是山下鐵島。」金色和服的老婆婆好心提醒她，「日本大人暴力排行榜第二名的山下鐵島，不過，你把他叫做山下跌倒很好笑。」

老婆婆的眼神冷冰冰，笑起來卻很溫暖可愛，她的眼神，讓人想起可能博物館的多娜老師。

山下跌倒大搖大擺的，看看這個人，瞪瞪那個人，偶爾還踹誰一腳，罵人家什麼八個鹿的。郝優雅想看仔細，阿婆把她拉到後頭。

「你的衣服很奇怪，別站太前面。」

「他也差不多呀？」郝優雅指指曾聰明。

所以，山下跌倒正在訓他。

「嘰哩呱啦，八個鹿！」

「啦呱哩嘰，八個鹿！」

山下跌倒對著他又跳又叫，噴得曾聰明一臉口水，卻不知道他在氣什麼。

幸好，這時有位姑娘經過山下跌倒身邊。喔，這位姑娘穿著金色和服，有一頭長長的秀髮。

山下跌倒叫住姑娘，順手搭著她的肩，牽起她的小手……兩個人往廟旁巷子走去。

他們前腳剛走出廣場，廣場立刻恢復生氣，千里眼、順風耳威風凜凜護佑村民，死翹翹的歐陽大頭神奇的復活，頭雖然接錯邊了，照樣打得桃次郎東奔西逃。

曾聰明從沒見過這麼有趣的布袋戲，他一直以為，布袋戲就是老人家看的節目。

沒想到的沒想到是，歐陽大頭半空中停住身子，朝著曾聰明吼著：「啊！你們，交代你們去菜市仔請阮師尊紅鹿仙，為何還沒出發？日頭都快爬到天頂了。」

曾聰明揉著頭說：「對喔，我們要去找人。」

郝優雅的心思卻在那個年輕姑娘的身上。

姑娘好眼熟，不對，是姑娘的和服好眼熟，和阿婆的一樣，一想到阿婆，她發現，好心的阿婆不見了。

還沒找到阿婆，長長的鞭炮聲先響了起來。

好奇心能殺死一隻貓，也能吸引身負任務的孩子。他們忘記了任務，擠進一條街道。

這是一條很新的「老街」，這種老街曾聽明去過，像大溪、迪化街、鹿港和三峽，可是這條很新的「老街」不一樣。街道是平平整整的石板，西式洋樓是簇新的樓，一點兒也看不出老意，就像剛蓋好似的。

洋樓下，鞭炮放了一串又一串，街道中央，一排身披彩帶的年輕人正要上軍用卡車。

年輕人的表情很興奮，嘴裡哇啦哇啦喊著：「天皇萬歲！日本皇軍萬歲！」

卡車側邊，拉著長長的布條：皇軍志願兵光榮服役團。

先上車的人，站著向大家揮著手，卡車邊的家人，忙著叮囑他們：

「阿榮仔，阿榮仔，要保重啊！」

「阿賢仔，你是我們家族的光榮。」

「勇仔，不要太逞強，知道嗎？」

有個頭髮全白的阿嬤拉著孫子說：「別去啦！」

孫子推不開她，日本軍官過來幫忙，還用半生不熟的臺灣話說：

「打日本天皇，是你們家族的光榮，我們會把皇軍安全帶回來。」

打日本天皇？曾聰明想了一下才想到，這個軍官的臺灣話不太好，把替天皇去打仗講成打日本天皇了。

「還是年輕人好騙。」身穿銀色和服的姑娘靠過來說。

郝優雅回頭，她愣了一下，這姑娘真眼熟，簡直就像剛才的婆婆。

……
皇軍志

但是現在，衣服換了，她的臉也好像又換了一張似的。

「山下跌倒呢？」她試探性的問。

銀色和服姑娘笑笑的說：「他呀，他叫做山下跌倒，當然要去巷子裡跌一跤！」

「剛才是你化妝成老婆婆？」

「不告訴你！」姑娘很得意。

「為什麼這些年輕人好騙？」曾聰明想知道。

她把傷心的阿嬤扶起來才回答：「這些人，以為幫日本人當兵，就能當上日本的一等國民。唉，真是好笑，不管怎麼說，臺灣只是日本的殖民地，日本人永遠不會把臺灣人當成自己人，這不是很笨嗎？」

「我只有一個孫子，他去了我怎麼辦哪？」阿嬤哭倒在她懷裡。

旁邊的人勸她：「阿好嬸仔，孫子去替皇軍作戰，很光榮啦。」

「以後，你們就是日本皇民了！」

軍官塞給她好大一塊豬肉，說：「為國爭光，打敗米國和英國，天皇會保佑你的。」

左鄰右舍的人全來安慰她：「大佐送這麼一大塊豬肉了，多好哇！」

沒想到，阿婆把豬肉丟向隆隆開走的卡車。

「豬肉換不回阮的金孫……」

街道上，阿嬤的哭聲很悲淒，街道另一頭，傳來一陣哨子的聲音。

山下跌倒跑最前面，他一手揉頭，頭上有血，一手吹哨，嗶嗶嗶。

「廖金花出現了，大盜廖金花又出現了。」

哨聲引來許多員警，他們對路人盤查，連阿嬤都被推到騎樓下面。

「她會易容術，所以連阿婆和小孩也要仔細檢查。」山下跌倒大聲的宣布。

姑娘輕輕拉拉他們的衣服，示意他們進入小巷。

小巷彎彎曲曲，不知通向哪裡。

郝優雅很興奮的問：「你……你就是廖金花？」

「大家都只知道我爺爺的鄰居的朋友添丁仔，不知道我……」

「廖添丁？」

金花還沒回答，那群人已經追進巷子了。

「這裡……有人看見她……」山下跌倒追過來。

金花帶他們出了巷子，巷外是個工廠。「我們在這裡分手，如果有機會再見嘍。」

「你知道菜市場怎麼走嗎？」曾聰明終於想起他的任務了。

她像個大姐姐般回答：「菜市場就在糖廠邊，對著那根煙囪走過去就對了。還有，離山下跌倒遠一點，他是日本大人暴力排行榜第二名，

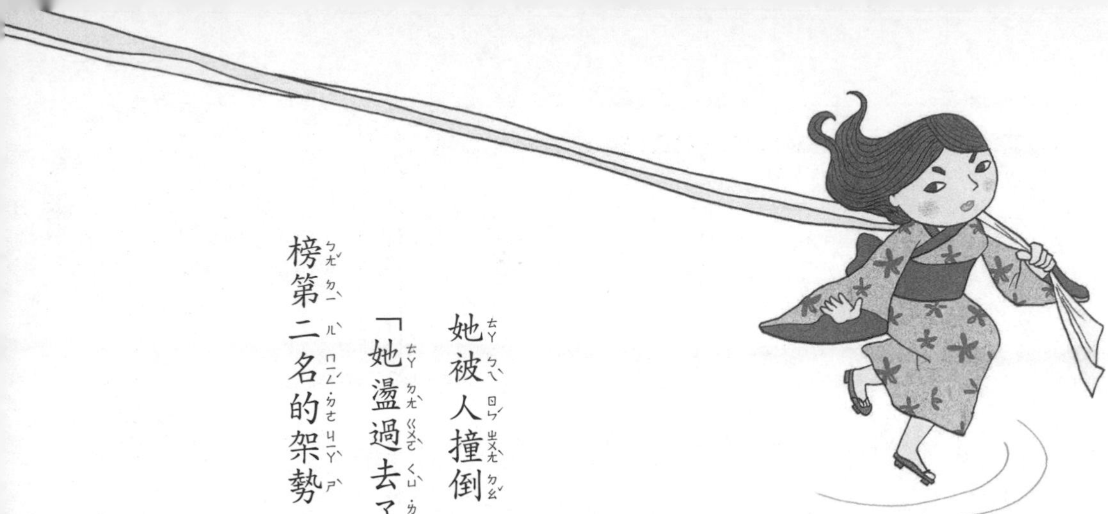

知不知道？」

他們兩個用力的點點頭。金花笑一笑，從身上抽出一根白色的布帶，朝著圍牆用力揮去，布帶捲上探出牆頭的樹幹，人趁勢盪過牆。

「好高竿。」曾聰明說。

郝優雅羨慕的說：「我回家也要來練一練，說不定也可以……哎喲！」

她被人撞倒，幾十個人從她身邊衝過去，連停也沒停。

「她盪過去了，快追呀！」那是山下跌倒的聲音，果然有暴力排行榜第二名的架勢，不知道為什麼，郝優雅只覺得有點兒卡通的味道。

超時空報馬仔

噓——大人來了！

警察，曾是日治時期威權的象徵。

那年頭的警察，臺灣人叫他們「大人」，他們經常拿著鞭子在各處巡邏，動輒高聲打罵，小孩愛吵愛哭鬧，沒關係，只要喊聲「大人來了，再哭大人就把你抓去」，小孩立刻乖乖聽話。

當時的臺灣，在重要的街角都設有派出所或警察局，對臺灣人來說，警察就等於日本政府。當時的警察幾乎無所不管。警察的工作包括維護治安、政治上防止人民反抗、掌控人民居住情況，像偵查犯罪、取締違法、監視人民集會、審查出版品、土地和戶口調查等，都是警察的職權。

警察在一部分的案件上，還擁有現在法院才有的審判權，比如偷東西，警察可以直接決定要抓小偷去關幾天或罰多少錢，甚至有一段時間還可以用打人的方式（笞刑）來處罰人民。

除了司法權之外，警察也要協助一般的行政事務，做政令宣傳，像教導農民種植新品種的甘蔗、收稅等。另外一項當時警察主要管轄的事情是「衛生」，除了公共的環境消毒、預防傳染病之外，小到連生活習慣都要管，像是要靠邊走路、禁止吐痰，還有頭髮太長、衣服太髒、衣服沒穿好，甚至家裡有沒有打掃乾淨等。

日本大人的鞭子如影隨形的跟著臺灣人，動輒訓斥打罵。大家都很怕他們，平時遇到日警都要鞠躬問好，跟警察講話時還要低著頭。即使某些新制度因為警察嚴厲推行而迅速建立，但警察凶神惡煞、欺凌人民的態度，卻在臺灣人心中長久投下巨大的陰影。

日治時期的警察也要管衛生，連藥品廣告都拿警察當宣傳。（圖片提供／小草藝術學院）

替日本人當兵

一九三七年，日本和中國打起八年抗戰，戰爭初期，日本人擔心臺灣人的忠誠度，怕他們上了戰場，反而幫著中國人打日本。

日本偷襲珍珠港，太平洋戰爭開打後，前線需要更多士兵，這時，日本人的政策開始轉變，開始徵選願意當兵的臺灣年輕人上戰場，這種制度叫做「志願兵」。

想當志願兵不容易，報考的人多，錄取的人少，為什麼大家都想當日本兵？有些人是受日本殖民教育洗腦，有些人是考慮到當兵會讓生活改善，才會有那麼多人搶著要去上戰場。

戰爭後期，日軍失利，戰況吃緊，開始實施徵兵制。只要達到一定年齡的青年都要入伍，這時你不想當兵也不行，徵兵令一到，就得乖乖去報到。戰場上除了士兵，還需要軍伕。軍伕負責搬運貨物、農耕、修築道路，人數需要較多，也是採徵召強迫的方式。

臺灣總督府還以半工半讀和高薪的名義，招募青少年遠赴日本海軍航空技術廠，幫忙製造各種軍用飛機，因為這些青少年大多未滿二十歲，所以也被稱為「臺灣少年工」。

一直到一九四五年八月十五日，日本戰敗，第二次世界大戰結束了，臺灣人這才脫離戰爭的陰影，也脫離日本的統治。

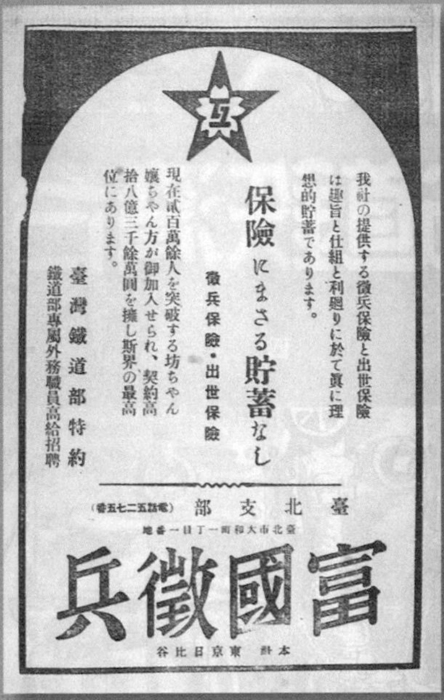

日治後期的保險廣告，配合鼓勵儲蓄和徵兵政策推出保險產品。
（圖片提供 / 吳梅瑛）

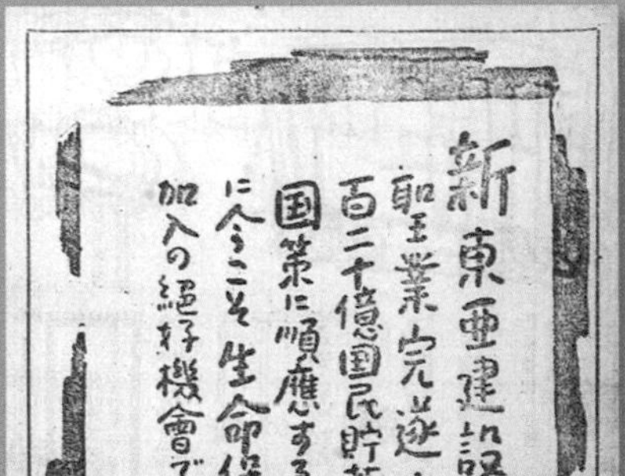

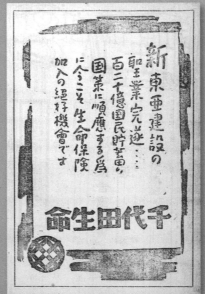

3 只賣豬尾巴的肉攤

巨大的工廠，甜滋滋的空氣。

長長的煙囪，遠看像巨人的玩具。

糖廠近了。

曾聽明上回和爸爸媽媽出去玩，就專程去糖廠，舔著冰棒，坐在五分仔小火車上，行經一望無際的甘蔗田。

糖廠就有這種甜甜的好味道。

糖廠外，磚牆上，有白色油漆刷出來的「大日本製糖株式會社」幾個大字。

碩大的機器，白色的蒸氣，小火車上滿載著一包包的糖。

一列好長好長的牛車，從地平線的那端排到這端。

優閒的老牛，優閒的嚼著甘蔗葉。嘻嘻哈哈的小孩，嘻嘻哈哈的爬上牛車，拉下幾根綠皮甘蔗。愁眉苦臉的老農夫，愁眉苦臉的望著他們。

「他們……他們偷甘蔗。」郝優雅好心的提醒老農夫。

老農夫看也不看，繼續愁眉他的苦臉。

「他們在偷甘蔗！」她加強語氣。

「沒關係，囝仔郎啃不了幾根，不算偷，」老農夫鞭子指著糖廠，「要說偷甘蔗，會社才是最大偷，偷種田人的心血不吐骨頭。」

「最大偷？」郝優雅不懂。

「人家說，『第一憨種甘蔗給會社磅』，會社把甘蔗製成糖賣到日本賺大錢，種甘蔗的農民拿到的錢連買肥料都不夠，太沒良心了！所以，給孩子啃幾根不算什麼啦。」

「那你不要種啊！」

「不種甘蔗我要怎麼生活，我們農民都被會社的合約綁死死的，甘蔗價錢高低只能隨它定。」

「所以，這就是農民的悲哀！」另一個阿伯低聲的說：「會社說種甘蔗要用肥料才長得好，賣給我們肥料，我們還沒收成怎麼付得出肥料錢，就先欠著，等到甘蔗收成時，卻發現會社付的錢，扣掉肥料的錢之後，根本剩沒幾塊錢。」

旁邊的人勸他們：「小聲一點，若是讓山下跌倒聽到，你們就準備去監牢裡面吃免錢飯。」

「你們要吃甘蔗嗎？」老農夫愁眉苦臉的說，「要幾根都可以。」

「不了，我們只想去菜市場。」曾聰明謝謝他，他們還要去菜市場找人。

糖廠邊就是菜市場，紅磚黑瓦大氣窗，看起來好氣派。

大金牙阿伯守在外頭，兩手抱胸，像門神般，他們才走近，還沒開口，大金牙阿伯就搖頭。

「不行！」金牙在陽光下閃著金光。

意思是他們不能進去。

「為什麼？」郝優雅問。

「你叫做雅馬哈小姐？」

他又瞄瞄曾聰明問：「莫非你是輸輸去先生？」

曾聰明發問：「那是摩托車的牌子嗎？」

「什麼摩托車？我是說，你們是日本人？」

「不是，我是曾聰明，她叫郝優雅，我們要進去找……」

金牙阿伯大喝一聲：「我管你是聰明還是『皓呆』，我們這個菜市場，賣的都是日本、西洋來的高級品，你們不是日本人，沒有你們要買的東西啦！」

「可是我們要找人……」

「找人？他是日本人嗎？」

「不知道。」

「他叫做雅馬哈？還是輸輸去？」

又來了，金牙阿伯閃閃發光的大金牙幾乎要貼到曾聰明的臉上了。

「不是，他是紅鹿仙……」

金牙阿伯很神氣的說：「管他是黑鹿仙、白鹿仙還是紅鹿仙，如果不是高貴的日本人，我看他一定不在裡頭。」

「那他……」

金牙阿伯揮揮手。

「去去去，快走開，自己去隔壁空地找找看，那裡也有一個菜市仔。」

空地上，真的有個寒酸的菜市場。

幾十顆瘦瘦小小的柳丁和發育不良的香蕉擺在地上，這裡應該是賣水果的攤位。

兩個木桶，裡頭有幾隻有氣無力的魚，這一定是賣魚的。

旁邊有位阿婆，面前擺了小白菜、青江菜以及堆得像小山的地瓜，那應該是蔬菜攤了。

曾聰明忍不住想問：「婆婆，你的菜這麼醜，怎麼賣得掉？」

阿婆咧嘴一笑，嘴裡沒有半顆牙。「別看它們醜，皇軍在打仗，物

資樣樣都缺，配給的米只有一點點，要加很多地瓜一起煮才吃得飽。除非你是日本人或是改日本姓、家裡改拜日本神，否則米一定不夠吃，得來買我的地瓜呢！」

「阿婆，那你有沒有改？」

阿婆搖搖手說：「人不能忘本，為了吃點豬肉，多分幾斤白米，把自己的姓都丟了，這款代誌，我還做不到。」

郝優雅忍不住握著她的手，才發現她的手好溫暖。

「對了，阿婆，你知道紅鹿仙在哪裡嗎？」

「要找紅鹿仙，去肉攤啦！」阿婆笑呵呵說。

問了十個人，十個人都這麼說。

只是他們在菜市場裡找來找去，就是找不到肉攤，逛了一大圈，只好又回來問阿婆。

「你們沒仔細找啦，菜市仔最小那攤就是豬肉攤。」

「菜市仔最小攤的豬肉攤？」

他們兩個搖著頭，從頭再找一遍。

白菜、地瓜、豬尾巴、小魚和柳丁，哪有紅鹿仙？

不死心，再逛第三圈。

「菜市仔裡頭只有在賣白菜、地瓜、豬尾巴、小魚和柳丁，」他們告訴阿婆，「只有豬尾巴，哪有豬肉攤？」

阿婆笑呵呵的說：「對啦對啦，現在什麼物資都缺，米要配給，豬肉也要配給，賣豬肉的要偷偷賣啦，豬肉豬頭豬腳都優先分給日本人和改日本姓的皇民享用，像我們這種不肯把姓名改成輸輸去的人，配到的那點豬肉哪夠一家子吃，能偷偷買到豬尾巴回家煮湯就要偷笑了。」

照著阿婆的指示，他們回到豬肉攤前面。

豬肉攤老闆？不對，應該說是豬尾巴攤，老闆是個頭髮全白，瘦小的老爺爺。

老爺爺坐地上，打著拍子，哼著歌。

「你是紅鹿仙？」曾聰明怕認錯人。

老爺爺點點頭。「沒看過你們？哪裡來的？」

曾聰明說：「廟口的布袋戲師傅叫我們來……」

老爺爺說：「來買豬肉？這條上等豬尾巴，前天剛進貨，新鮮美味。可以和番薯一起熬，也可以燉番薯豬尾巴湯。做成快炒豬尾巴番薯太浪費油了，不如把它剁成豬尾巴肉醬，加醬油拌番薯稀飯。」

「前天的豬尾巴？那不是……過期了嗎？」郝優雅問得都結巴了。

「過期的煮起來更軟更好吃！」

「我們不是來買豬尾巴的，是廟口那個演布袋戲的師傅要您去演布袋……」曾聽明搔著頭，剛才忘記問布袋戲師傅的名字。

「山下跌倒大人有交代，我不能演布袋戲。」

「因為你要賣豬尾巴？這種尾巴有什麼好賣的？」郝優雅問。

紅鹿仙擺擺手。「不是，是這個時代太奇怪，臺灣的布袋戲尪仔要穿軍裝、說日本話，連後場樂班都要換成日本唱片，唉，那款布袋戲我不會演，還是賣豬尾巴卡自在。」

「那……那廟口的布袋戲師傅怎麼辦？」

紅鹿仙用豬尾巴一指。「阿雄仔，你去替大師兄演一齣。」

本來坐在地上發呆的小孩，笑嘻嘻的跳起來說：「好啊，好啊，三天賣不出一條豬尾巴，出去玩玩布袋戲也不賴。」

第一憨，種甘蔗給會社磅

「會社」就是我們現在說的「公司」。臺灣很適合種植甘蔗，臺灣總督府引進含糖量高的甘蔗品種、改善製糖方法，鼓勵日本的資本家來臺灣設立製糖廠。

當年，臺灣蔗農生產的甘蔗以契約的形式賣給附近的製糖會社，這些製糖會社掌控蔗價，農民所分配到的利潤不多，會社雖然也提供農民肥料，但是肥料價格卻偏高。因此蔗農們雖然辛苦耕種，成果卻大都被製糖會社賺走了。

所以當時流傳一句話：「糖廠磅，第一憨」或是「第一憨，種甘蔗給會社磅」。

會社的剝削，讓蔗農退無可退，他們組織集結，與日本的會社抗爭，像二林事件，就是一群不甘心被剝削的蔗農，集體與會社談判，會社不肯退讓，召來警察逮捕農民，最後爆發警民衝突。二林事件中，有四百多人被抓，事件雖然失敗，卻激起更多臺灣農民起來與製糖會社抗爭。

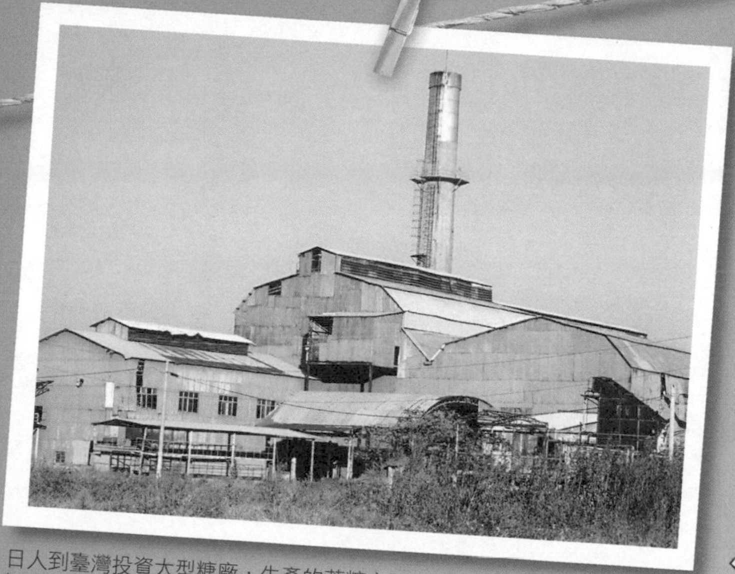

日人到臺灣投資大型糖廠，生產的蔗糖主要供應日本國內市場。（圖片提供／吳梅瑛）

往昔糖廠的小火車載著甘蔗往來蔗田和糖廠的場景，今日因糖幾乎全由國外進口，已不復見。（圖片提供／吳梅瑛）

皇民化運動

中日兩國打起八年抗戰，日本人為了讓臺灣人投入戰爭做準備，開始推行皇民化運動，希望臺灣人日本化，效忠天皇。

為了推動皇民化運動，臺灣總督府鼓勵臺灣人說國語（日語）、穿和服、住日本式的房子、看日本戲，唱日本歌，發動民間改信日本神道教並參拜神社。在學校裡，學童也要每天向日本天皇的居所方向膜拜。

後來，總督府更公布了更改姓名辦法，推動廢漢姓改日本姓名的運動。在當時，只要家裡是國語家庭，就能享受特惠，例如可以優先去公家機關上班，食物的配給也較多。

最後，因為戰爭的規模不斷擴大，所需要的兵力越來越多，開始與日本內地一樣實施徵兵制，只要上戰場為日軍打仗，他的家就可以貼上「榮譽之家」，榮譽之家的子弟，升學還有加分。

總而言之，在皇民化運動下，日本政府要臺灣人變成日本人，而臺灣人則在局勢的推移下，被迫參加了一場以失敗收場的戰爭。

日治時期的桃園神社，建築本身仍保留著，但裡面沒有日本神了，現在是忠烈祠。（圖片提供 / 吳梅瑛）

今日の正廳

從來の正廳

皇民化運動時鼓勵將神明廳改為日本式，左為日本式神明廳，右為臺灣人傳統的神明廳。（圖片提供 / 吳梅瑛）

4 優良皇民布袋戲

後臺的音樂震天響。

戲班主人笑著說：「煞庫拉！」

「什麼煞庫拉？」曾聽明聽不懂。

「日本的櫻花戀。」

「布袋戲演奏日本歌？」

「日本政府規定，想唱歌，就唱煞庫拉；想演戲，就演日本皇民戲……」那人嘆著氣，「若是想要做人，就得做日本人。」

臺上的戲偶果然穿著日本服裝，拿著武士刀殺來殺去，郝優雅看不懂，只能猜想大概是桃次郎，帶著雞呀狗的打妖怪。

從戲班看出去，山下跌倒在人群後頭巡邏，頭上的傷包紮好了，可是臉色臭得像大便一樣。

「你，胡亂吐痰，罰錢。」

「你，頭髮太長，剪掉。」

山下跌倒看什麼都不順眼，他喊一聲，後頭的警察就抓人。

大家怕他，急忙退開。小販貨物多，想閃沒那麼簡單。山下跌倒就這麼踱到賣花生的小販前，花生抓一把，丟一把。

「不衛生，不衛生，你的花生米都沒有洗乾淨。」

「嗨！大人，嗨！大人，哇答西的土豆……有洗乾淨！」小販站他前面，嚇得渾身發抖，「真的有洗乾淨。」

「八個什麼鹿的！」山下跌倒罵人的聲音很大，「日本人還沒來之前，臺灣人連自來水都不會用，不洗澡也不打掃，要不是日本人來，你們哪懂什麼乾淨。」

「嗨嗨嗨，八格什麼歐伊西伊。」這小販都說得胡言亂語了。

郝優雅替他擔心，想說山下跌倒要抓人了，沒想到山下跌倒卻指著樹上八個什麼鹿的，正大聲罵罵咧咧的。

順著他的眼光，郝優雅看到廟邊樟樹高高的枝椏間有人。

那人兩腳懸空，盪啊盪的，好悠哉。偶爾丟顆小石頭，直接命中山下跌倒的頭。

「哎喲！」

山下跌倒叫疼的聲音，很清楚，不管懂不懂日語，人人都知道，那是在喊痛。

「哎喲！哎喲！哎喲！」

幾個阿婆想笑，又怕被山下跌倒罵，憋得滿臉通紅。

郝優雅看得仔細，樹上那人正在剝花生，吃完就把殼往下一扔，輕

飄飄的花生殼卻可以打得山下跌倒揉頭喊痛。

「給我抓起來！」山下跌倒的聲音有點兒淒厲。

巷弄響起一片哨子聲，嗶嗶嗶的，警察出動抓人了。

樹上那人拍拍手，布條一甩一盪，人就飛到了另一棵樹上，一棵一棵又一棵，瞬間盪遠了，底下的警察也乖乖跟著跑遠了。

「那是廖金花！」曾聰明猜。

郝優雅真是越來越佩服她了，廖金花在廟邊樹上繞來繞去，那些警察跑得上氣不接下氣。可是跑再快，也沒她在樹上跳得快呀。只聽警察的哨聲遠了又近，近了又遠，個個都氣喘吁吁的。

尤其是山下跌倒。

「八個……」山下跌倒連罵人都快沒力了。

戲臺上，孫悟空舞著金箍棒，唐三藏騎白馬，後頭跟著扛行李的豬八戒、沙悟淨。

「西遊記？老掉牙了！」曾聰明一看就知道。

「老掉牙，也比日本仔的淘汰郎好看一百倍。」戲班主人回頭，笑著說。

戲班主人還宣布：「春帆樓布袋戲團為了答謝各位觀眾，趁亂加演孫悟空東遊記，由少年頭手阿雄師主演，人客官哪，掌聲鼓勵鼓勵。」聲音清清朗朗，傳送到廣場每個角落，阿雄特別露出頭，向觀眾揮揮手。

咚咚咚，鏘鏘鏘，說是唐三藏師徒四人東遊送經書，想感化扶桑國的蠻族，扶桑蠻王不受教化，派出櫻花魔王反擊。

好個櫻花魔王，手拿金光閃電武士刀，先打豬八戒三百下屁股，又把沙悟淨拍回通天河，最後大戰孫悟空，兩人戰得難分難解。

廟前廣場，山下跌倒喊得喉嚨沙啞，跟著他的警察抱著柱子喘氣。

遠遠的，廖金花銀色的身影在屋頂上一閃而過，再沒人有力氣追她。

鑼鼓急點，鐃鈸連敲，這邊的戲臺好不熱鬧，櫻花魔王吸口氣，當場把自己變成三丈六尺高，孫悟空毫不畏懼，吹口仙氣，迎風幌幌，身材也變大三倍。

另一邊，郝優雅也聽到嘰哩呱哩又急又氣的日本話，原來是山下跌倒休息了一陣，終於又有元氣了。他指揮警察，重新部署包圍的隊形。

像小貓抓老鼠一樣。

一小隊警察爬上樹，卻又

掉下來。

一小隊警察想從後頭包抄，幾條土狗衝出來追著他們跑。

「八格什麼鹿。」山下跌倒張口罵人，凌空飛來一顆花生殼，準準的射進他嘴裡。

「追……追……追……」山下跌倒暴跳如雷。

那些小警察像無頭蒼蠅般繞來跑去，最後不追了，全都靠在一起猛喘氣：「追誰呀？」

是啊，追誰呢？

藍天白雲，綠樹和風，屋頂靜悄悄，樟樹上頭空蕩蕩，根本找不到廖金花的蹤影。

山下跌倒吹著八字鬍，眼睛瞪得又圓又大，有氣沒地方發，東瞧瞧西看看，哎呀呀，大人生氣了，人人都急忙低著頭。

「啊～八格什麼鹿的！」

郝優雅看見，山下跌倒正指著戲臺這兒。

「糟了，糟了，山下跌倒一定發現戲班沒在演皇民布袋戲。」曾聽明說。

沒想到，春帆樓布袋戲團實在很厲害，前一分鐘孫悟空還在大戰櫻花魔王，山下跌倒剛轉過頭來，神偷桃次郎已經拿著武士刀蹦上天，大戰米國和英國的戰機。

轟轟轟，隆隆隆，桃次郎的音樂沙沙沙的響徹雲霄。

那些雞、狗、猴子助著陣，郝優雅還發現，那隻猴子明明就是孫悟空變的，狗的身體上是豬的頭。

「豬八戒也在打米國人！」

觀眾拍紅了手掌，不是這齣戲多好看，而是少年頭手阿雄的反應真夠快，快得山下跌倒只罵了半句，就支支吾吾說不出話來。

郝優雅終於知道，為什麼戲班主人指名要紅鹿仙來幫忙，原來紅鹿仙不必親自出馬，只要派孫子來，就很厲害。

皇民戲

皇民化運動一啓動，連戲劇也逃不過日本人的掌控中。不管是皮影戲、布袋戲還是歌仔戲，統統再也不能演出傳統的戲碼了。

一九四一年，臺灣總督府成立「皇民奉公會」，想演出的劇團就要加入奉公會，由奉公會統一安排演出時間、地點，沒有經過奉公會的許可，不能在戶外演出外臺戲，並且規定只能演出皇民戲。

傳統戲不能演，那該演什麼呢？

嘿，日本大人早有準備了，他們準備了一系列傳達日本武士道精神的新戲，什麼佐佐助三郎、日本劍聖宮本武藏之類的戲。日本人藉著戲劇一舉消滅臺灣人的民族思想。

如果不演皇民戲呢？

那也可以，請你封箱改行吧，當年不少戲師都因此轉行去賣茶葉、賣豬肉，只是他們大多不是做生意的料，能成功轉行的人不多，多數的人只好配合日本人的規定，配合總督府做文化宣傳。

當然，這種皇民戲別說戲師們不想演，連觀眾都不想看，腦筋靈活的戲師就會派人在入口把風，趁日本大人不在時，把西式唱片和日本劇情收起來，搬出鑼鼓鐃鈸，照樣唱起傳統戲曲。

現在廟口演出的布袋戲，只要一輛卡車就可以表演了。
（圖片提供／吳梅瑛）

5 空襲警報

山下跌倒怒氣沖沖的，哎呀！他的臉紅通通，郝優雅真想勸他，別氣別氣，腦充血了怎麼辦？

廣場上的人都怕他，紛紛往兩邊退，原本被擠得水泄不通的廣場，這會兒空出一條小小的走道。

山下跌倒走到一半，有人把他拉到一邊。

嘟嘟囔囔，不知道說些什麼。

飄來飄去，兩人眼神不斷的往臺上瞄。

班主很緊張，低聲對大家說：「剛才沒注意到那個便衣警察也在臺下，這下慘了，要被山下鐵島吊銷演出執照了。」

阿雄不怕，他說：「大不了，你來陪我阿公賣豬尾巴。」

郝優雅問：「你阿公不是三天都賣不出一條尾巴，要大家去喝西北風嗎？」

「我阿公說他寧願餓死，也不演皇民戲，我本來不懂他的想法，現在我懂了，還是演我們臺灣人的戲比較自在。」

曾聰明在旁邊緊張極了，因為山下跌倒聽完那個警察的簡報，臉更紅了，拿著鞭子，朝著戲臺跑過來，一路推開躲太慢的阿婆，撞倒麥芽糖小販，還踢了腳步不穩的阿公一腳，終於怒氣沖沖蹦到臺前，一個大跨步，騰空準備躍上戲臺。

班主想也沒想，立刻抱頭蹲在地上，順便吩咐他們：「趕快學我抱頭蹲下，等一下他衝過來時，要叫大聲一點。」

「為什麼？」曾聰明問。

班主對他苦笑著說：「讓他以為我肚子痛，說不定就會忘記吊銷我的執照……」

話還在說，巨大的人影就已遮住光線，山下跌倒跳上戲臺了，曾聰明急忙抱緊頭，夾緊屁股。

不過，遠遠近近傳來的是更為高亢淒厲的聲音。

「喔～喔～喔～」

是哪裡失火了？

還是救護車要開過來？

預料的鞭子沒打下來，阿雄機警的大叫：「空襲警報，趕快逃！」

郝優雅和曾聰明互相看一看，一時間還搞不太懂空襲警報的意思，回頭一看，山下跌倒已經不見蹤影。

阿雄拉著他們往戲臺邊一跳，外頭的人群，也在迅速消退中。

廣場外，長排的水牛甘蔗大隊亂了，幾十頭牛拉著車橫衝直撞，甘

蔗掉滿地，也沒人撿。

「到底怎麼了？」郝優雅停下腳步。

阿雄比比天空，藍色的天空逆著光，幾個小黑點正在移動，變得越來越大，還有什麼聲音隆隆隆隆直響。

「米軍，米軍的轟炸機來了。」阿雄吼著。

「轟炸機？」郝優雅懂了，「那我們……」

轟隆！一顆炸彈不知道炸到哪裡，大地震動，空中竄出幾股濃濃的黑色烏雲。

有人喊著糖廠爆炸了。

糖廠高高的煙囪，嘎嘎嘎的，好像喝醉酒，東搖西搖，底下的人狂喊救命。

終於，它決定好了，就是菜市場，於是，嘎然巨響，砰的好大一聲，倒了下去，掀起一陣濃煙，感覺地都搖了起來。

「我阿公在市場。」阿雄擔心紅鹿仙，他指著前面，要曾聰明和郝優雅趕快跑去防空洞，「我去菜市場看看。」

天上的飛機，繞了一圈，又重新再回來。

這回，更多炸彈落下來，轟隆轟隆轟隆爆炸了，每一聲巨響，都震得地面晃動。

實在是太可怕了。

曾聰明腿軟跑不快，郝優雅也想跑，但是，該往哪裡跑呢？

煙硝塵灰中，突然有個人跑了出來，一身銀色和服，笑咪咪的。是廖金花。

「跟我來。」

她轉身，走入煙硝塵土中，她走得那麼堅定，彷彿這種炮火傷不了她似的。

勇敢會傳染，曾聰明本來很害怕，但是跟在廖金花後頭，他覺得鎮定多了。

也許，那是因為勇敢的人，能讓身邊的人更有勇氣！

超時空報馬仔

米軍轟炸臺灣

日本人把美國稱做米國，那麼，米軍有轟炸過臺灣嗎？

有，而且發生過不少次，最早的一次在一九四三年，美軍轟炸日軍在新竹的空軍基地，五十二架日機全毀。

二次世界大戰末期，美軍的B－29轟炸機實行全島大轟炸，從菲律賓起飛，每天來兩三次，臺灣人跑警報跑到習慣了，就稱它們是「定期班機」，美軍轟炸機先是炸掉倉庫，然後毀掉軍事設施與物資，包括能生產酒精燃料的糖廠，幾乎都成了廢墟，連電力設施也付之一炬，無辜的百姓更成了戰火下的犧牲品。

戰爭期間，一切物資以支援前線優先，平民百姓只能忍受資源短缺、食物要嚴格配給、物價飛快上漲，人們被迫不斷超時勞動，做得多，吃不起，是那時人們最痛苦的事。

美軍飛機大轟炸，臺灣總督府要求民眾時常練習疏散，學校也要舉辦防空演習。為了躲避轟炸，臺灣各地都在挖防空洞。防空洞除了可以躲人外，像戰備的糧食，武器也都搬進防空洞裡，大型的防空洞甚至可以藏進飛機，避免成為美軍轟炸目標。

嘉義蒜頭糖廠內的磚造防空洞。(圖片提供 / 吳梅瑛)

臺北平溪供存放物資的防空洞。(圖片提供 / 黃智偉)

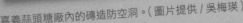

6 防空洞裡的布袋戲

炮火交織中，他們走進一個陰暗的防空洞，裡頭人不少，阿雄和紅鹿仙已經來了。

阿雄在戲箱上操偶，幾個年紀小的孩子圍著他，搖曳的煤油燈光，照得他們的眼睛亮晶晶。

阿雄對曾聰明點點頭，捏著細細的嗓子開口：「阮是孫悟空，也有人叫我輸五塊。」

「輸五塊？」孩子們發出淺淺的笑聲，讓人心安。

阿雄正經的問：「不然要輸五百嗎？」

小小的孩子們爆出更快樂的笑。

紅鹿仙演騎馬的唐三藏，馬蹄噠噠噠，好像有匹馬真的跑上戲箱。

騎到一半，唐三藏下馬，左右看看，調皮的朝一個靠太近的孩子揮揮手，嚇得那個孩子猛的往後退，發出咕咕咕的笑聲。

笑聲會傳染，洞裡原本皺著眉的大人們，眉頭漸漸舒緩了，愁苦的臉上拉出一絲笑意。

豬八戒上場時，一顆特別近的炮彈落下，閃電般的火光照進悠長的洞裡，紅鹿仙的手抖了一下，豬八戒整個趴在箱子上。

紅鹿仙隨機應變，豬八戒慢慢爬起來說：「喂喂喂，我是豬八戒，不是跌八次，別讓我一上場就跌倒嘛！」

這下子，連膽小的曾聽明都被吸引了，原來布袋戲這麼好看，戲偶的一舉一動，緊牽住每個人的心，讓他忘了外頭的炮火多麼瘋狂。

但瘋狂的炮火可沒有忘了他們，春帆樓班主帶著兩個小孩衝進防空洞大喊：「菜市仔邊大防空洞被炸到了。」

「什麼？」好多人擠到門口。

門外，離他們不遠的地方，多了一處濃煙。

「山下鐵島也在裡頭！」班主全身顫抖。

「死了多少人？」

「山下鐵島怎麼了？」

「怎麼會這樣啊？」有個阿嬤雙手合十，低聲唸著阿彌陀佛。

好多人，好多問題，春帆樓班主不斷的重複：「不知道，不知道，我經過時只看到這兩個孩子，炸彈到處炸，我死命的拉著他們才跑到這裡來。」

兩個孩子頂多五、六歲，滿臉汙泥，一個咬著手指，一個挖鼻孔。

「是山下鐵島的孩子。」認得的人說。

「把他們帶進來做什麼，趕出去啦。」幾個人吼著。

「回去找你爸爸呀，他以前多威風啊？」

他們聚在門口，春帆樓班主攔不住，眼看兩個孩子快被趕出去，廖金花站在那些人面前，雙手一張：「他們只是孩子，你們想表現勇敢，現在就去救人。」

「救日本人？」

「大家聽我說句話。」

紅鹿仙站了起來。

一看是紅鹿仙，激動的人們安靜了下來。

「大家都知道，日本人很欺負人，但是，如果我們把這些小孩推去炮火中，那我們和日本人有什麼不同？」

「這……」

「可是……」

「山下鐵島那麼壞……」

「山下跌倒雖然壞，你把他的孩子趕去送死，你就跟他一樣壞。」

郝優雅不知哪來的勇氣。

她叉著手說完，廖金花比比大拇指，誇她說得好。

郝優雅得意的把小朋友牽到身邊坐下，然後說：「阿雄，快演哪，我們不要站在門口，要是炸彈掉下來怎麼辦？」

這一說，提醒了大家，對呀，如果炸彈命中這裡呢？

一想到這裡，唸佛號的唸佛號，愁眉苦臉的愁眉苦臉。布袋戲箱上，孫悟空又重新上場，不過，外面還在瘋狂轟炸，如果炸彈……

這下，孫悟空的金箍棒舉不起來，膽小的孩子還哭了。

哭聲也會傳染的。

一個哭哭啼啼，兩個哭哭啼啼，直到廖金花喊停……

「別哭了，米軍在轟炸，日本戰機不去攔截，這有蹊蹺！」

「有蹊蹺？」

「沒錯，」紅鹿仙說，「阿本仔快戰敗了嘛！」

阿本仔快戰敗了？防空洞裡瞬間安靜下來。

「可是我昨晚偷聽廣播，說是日本皇軍建立大東亞共榮圈的夢想，快實現了呀。」不知道誰在黑暗裡說。

廖金花微笑著解釋：「日本人報喜不報憂，聽新聞要反著聽：日本人是說大東亞共榮圈，快失敗了。」

「啊？日本人真的快被打敗了？」人群起了一陣小小的騷動。

「他們還說日本軍隊在東京建立堅強的堡壘。」

「那意思就是：日本只剩下東京可以防守，咦！你真的聽到這樣的消息嗎？」

「怎麼了？」

「那表示，」廖金花的聲音好激動，「米軍快打到日本本土，日本即將戰敗了。」

她才說完，防空洞裡先是沉默了一下，然後，大家開始交頭接耳了起來。

7 防空洞演講會

「哇！」

防空洞裡，突然有人大叫一聲。

「怎麼了？怎麼了？」曾聽明以為炸彈來了。

「很想唱歌。」是個缺了三顆牙的阿公。

有個阿婆罵他：「唱歌？你那種破鑼嗓子？」

缺牙阿公說：「發洩一下心情。」

「發洩心情？外頭的炸彈，就像老母雞下蛋下不停！」

還有人罵他：「你不怕把飛機引來這裡嗎？」

「那怎麼辦？」

缺牙阿公出主意：「請紅鹿仙開講啦！」

紅鹿仙突然被點名，愣了一下。

「叫我開講？你們是要我拿豬尾巴出來講嗎？」

「你是老先覺，你隨便說說我們就有很多收穫。」

「這……」紅鹿仙想了想，「有了，上回去臺南，我曾聽一個老醫生演講，他說的才精采。」

「他說什麼？」

「他說……啊，那種讀冊人說的話，要我這樣講，我講不出來。」

廖金花笑著問：「紅鹿仙沒拿戲尪仔就覺得怪，對不對？」

唱歌阿公提議：「阿雄仔，拿個布袋戲尪仔給你阿公。」

阿雄隨手一拿，就是紅面關公。

關公在紅鹿仙手裡像是活了般，一舉手一投足，充滿了威嚴。青龍偃月刀一擺，頭一抬便說：「老醫生年輕那當時，曾經參加蔣渭水先生的文化協會，還跟他去日本向日本人請願。」

「請什麼願？」

「事情要回到甲午年的戰爭，日本打敗清廷，春帆樓上，李鴻章把臺灣割給日本人，時間一過五十年，五十年來，我們攏變成日本的二等國民。」

「是啊，是啊！」

關公把青龍偃月刀一豎：「但是，代誌不能這樣，日本人是人，臺灣人也是人，平平都是人，為什麼我們就是第二等，老醫生他們當年去日本請願，希望臺灣也能有臺灣人選出來的議會。他說臺灣人要有骨氣，只有團結起來，才有自己的未來。」

缺牙阿公搖搖頭開口：「說來說去都要怪清廷，為什麼要把臺灣割給日本呢？」

「現在說這也沒有用，日本人說什麼現在改成日臺共學很公平，骨子裡還是怕我們臺灣人太聰明搶了日本人的機會，臺灣子弟要升學還是被百般刁難，這款不公平的代誌，就要改掉。」

「國家要富強，人民先要有知識，人人有知識，就不會受人欺負。」廖金花在黑暗裡說。

「小女子說的，正合吾意。」關公輕捻鬍鬚，「當年蜀中無大將，才派廖化當先鋒，如果臺灣囡仔也都能受同款的教育，人人都是大將，國家就會強。」

講到讀書，郝優雅嘆口氣：「天哪，我真懷念可能小學……」

想念可能小學，可惜回不去，不但回不去，還有一陣高亢的喔伊聲音傳來。

「怎麼了？」

郝優雅問廖金花：「米國的飛機又來了？」

紅鹿仙摸著鬍鬚說：「不是，是空襲結束了。」

「下次空襲我們再來聽關公演講。」春帆樓班主聽出興趣。

防空洞裡響起一陣笑罵：「我們寧願在家聽廣播，也不要來這裡躲炸彈。」

走出防空洞，曾聰明的眼睛一時不適應。

微光的洞裡待太久，他幾乎忘了日光的美好。

只是日光被濃煙遮住，被炸毀的屋子冒出火花；路邊有條牛被嚇壞了，倒在地上，四肢抖哇抖的；幾個救難隊員抬著擔架，吹著哨子，嗶嗶嗶的聲音，增添許多慌亂。糖廠正被大火籠罩，火花好幾層樓高；最神奇的是——媽祖廟完好無缺。

一個老阿嬤站在廟埕，說得活靈活現：

「媽祖婆在雲間顯靈，米軍的炸彈丟下來，她用裙子接住，往外一丟，就把炸彈丟到虎尾溪出海口。」

「你怎麼知道？」

阿嬤露出一口金牙：「我躲在媽祖廟神桌下，兩隻眼

睛金金看，一顆炸彈咻的一聲朝我飛來，白雲裡出現一道祥光，媽祖婆出現啦，她在空中接了，咻的一聲又把炸彈丟遠了，哎呀，幸好有媽祖婆，不然，虎尾會更慘。」

大概炸彈太多，媽祖婆忙不過來，菜市仔邊的防空洞，真的被炸彈炸出一個大大的洞，塵火硝煙中到處都是傷患。

數不清的人捲起袖子幫忙來搶救，廖金花牽著山下鐵島的孩子站在外圍。

「希望他們的爸爸平安無事。」她說。

山下鐵島想抓她，她卻護著他的孩子。

防空洞裡裡外外，全是土粉、磚灰，不管是搶救的人，還是陷在裡頭的人，全被汙泥塗得黑黑的，根本分不出誰是誰。

山下跌倒被救出來時，全身焦黑，要不是他的八字鬍，還真看不出他曾是那個可怕的暴力警察排行第二名。

他躺在擔架上，一看見廖金花，那眼睛睜得又圓又大。

「你……」

他勉強抬頭，看見廖金花身邊的孩子，眼睛柔和了。

「你……」

「你不准抓她。」郝優雅瞪著他。

「我……等我好了，我還是會回來抓……你。」

廖金花冷冷的說：「沒關係，你如果老是要欺負臺灣人，我也不會饒了你。」

奇怪的是，在他們講這話的時候，一點火藥味也沒有，郝優雅反而聽出一點兒英雄惜英雄的感覺。

「那這兩個孩子……」曾聰明問。

廖金花沒說話，郝優雅也猜得出來：「她會照顧。」

「還有我。」阿雄拿了兩個布袋戲偶給他們。

一個孫悟空，一個桃次郎。

「給你們，回家自己演，記得喔，要讓孫悟空和桃次郎變成好朋友。」

他們不知道聽懂了沒有，緊緊抓著布袋戲偶不放。

紅鹿仙點點頭：「對啦對啦，希望人人平安，戰爭趕快結束。」

「那時，你們就可以公開演布袋戲。」曾聰明滿臉笑容。

「也不必賣豬尾巴。」郝優雅說。

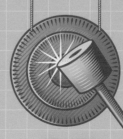

春帆樓

一八九五年，李鴻章在日本的馬關春帆樓上，簽下一份喪權辱國的條約，史稱「馬關條約」，因為這一份條約，臺灣被迫割讓給日本，成為日本的殖民地，直到第二次大戰結束。

李鴻章為什麼要簽這份條約？

這要從清代末年開始講起，那幾年，外國勢力不斷入侵中國，逼中國簽下不平等條約，有識之士推動自強運動，希望能自己造洋槍，製洋炮，讓中國富強起來。

日本是中國的近鄰，本來，日本一切向中國看齊，等到西洋各國也打進日本後，日本人決定「明治維新」，走「脫亞入歐」路線，希望能告別中國，擁抱西洋。

兩個國家都在革新，怎麼知道結果呢？

一八九四年，中日兩國爆發了甲午戰爭，這場戰爭就像一場期中考，考試題目是兩國革新運動，結果中國北洋艦隊全軍覆沒，日本大勝。

臺灣就是因為這一仗，在春帆樓上，由李鴻章簽下了割讓給日本的條約。

臺灣人群情激憤，愛國詩人丘逢甲甚至刺破手指，用鮮血書寫「拒倭守土」向清廷抗議，他還籌組義勇軍，想要抗日，可惜力寡不敵，最後離臺。

清廷將臺灣割讓給日本時，在臺灣的官員唐景崧為了取得各國的支持，成立臺灣民主國，還發行郵票想籌錢對付日軍。（圖片提供／小草藝術學院）

「宰相有權能割地，孤臣無力可回天」就是丘逢甲離臺前夕所寫的詩句，那座使臺灣人受了五十年殖民地之苦的春帆樓，至此成為當年臺灣人心頭最大的痛。

媽祖接炸彈

臺灣人由唐山過臺灣，海上風浪大，所以信仰海神媽祖，希望媽祖婆能保佑船行平安，臺灣四處都有媽祖廟，所以也讓媽祖的法力越來越高超，即使是現代化的炸彈來襲，只要有媽祖婆在，也都能逢凶化吉，保得鄉里平安。

媽祖接美軍炸彈的神話在臺灣流傳甚廣，至於接炸彈的方式有兩種，一種是把炸彈撥到外海，另一種是不讓炸彈爆炸。

第一種說法，聽說在二次世界大戰末期，美軍轟炸臺灣各個城鎮。有一天，有架美軍轟炸機在高空執行任務，飛抵臺灣上空時，駕駛員竟然看見一名女子站在雲上，用裙子把轟炸機投擲的炸彈撥開，結果那天所有的炸彈統統落在外海，沒有造成傷害。事後，飛行員提起此事，大家都說是媽祖升空攔截炸彈，很多媽祖神像的外袍焦黑，就是因為接炸彈所造成的。

另一種說法是美軍轟炸臺灣，媽祖顯靈接住炸彈，使炸彈無法爆炸，拯救民眾生命，這個傳說在臺灣各地媽祖廟都有，彰化埤頭合興宮廟內還展示未爆彈，用來宣揚媽祖的神蹟呢！

媽祖顯靈，升空接炸彈當然只是神話，外袍焦黑應該是香火太過鼎盛，被煙燻的。但是戰爭太可怕了，如果不讓媽祖顯靈，又怎麼化解人們的不安呢？說到底，還是希望不要有戰爭，那才是媽祖婆最大的心願吧！

彰化埤頭合興宮的未爆彈。(圖片提供 / 黃智偉)

8 春帆樓布袋戲團

街道上湧出一大群人，他們跑著跳著，吼著叫著。

「到底發生什麼事了？」郝優雅伸手拉住了春帆樓的班主。

班主表情很複雜，伸手指指前方。半倒的雜貨店前全是人，一圈又一圈，圓圈中央，是一臺巨大的老式收音機。

音量很大，雜訊很多，反覆出現同樣的話：

「滋啦——克啦……即日起，大日本帝國所有軍隊，滋啦……放下武器，無條件投降。」

「即日起，滋啦啦……大日本帝國滋啦……所有軍隊，放下武器，等候……」

「日本投降？」

街道好像被冷凍了，一時間全靜下來。

這實在是太荒謬了，這實在是太不真實了。

曾聰明和郝優雅懷疑：他們趕上日本投降的那一天？

歷史有記載，但是真的處在這一刻時……

人群突然變得好安靜。

「日本投降了？」

「日本人真的投降了？那我們怎麼辦？」

是對未來的不安，是害怕米軍來占領，讓他們不知道如何是好嗎？

街道邊，趾高氣揚的日本警察全都垂頭喪氣，什麼話也不說了。

走近一看，有的警察淚流滿面，有的低頭喃喃自語。

有的臺灣人平時受夠他們的欺負，走過去，朝著警察破口大罵……

罵聲中，有陣雜音，隆隆隆的……

抬頭一看，竟然是一架飛機：

「日本不是投降了嗎？」

曾聰明大叫：「他沒接到命令？不知道日本投降了？」

群眾拚命的揮手，想把飛機趕走，連日本人都跳起來，嘰哩呱啦的喊著。

飛機越飛越近，越來越清楚，機翼上有星星標誌，沒錯，是美軍。

駕駛不知道訊息？

還是他飛太慢，這時才趕來執行任務？

不管有多少疑問，逃命要緊。

街上的人剛才蜂擁的來，這會兒蜂擁的離去。

那架飛機搖搖晃晃，晃晃搖搖，飛到了上空。

情況危急，擔架上的山下跌倒爬起來，抱著孩子想跑，但是他才受過傷，力氣不夠，廖金花過去，幫他帶著兩個孩子往前走。

紅鹿仙年紀大走不快，阿雄跑過去，扶著他就走。

春帆樓班主想起阿嬤的話，招呼大家躲到媽祖廟。

廖金花搖搖頭，指指前面，要大家跟著她走。

飛機近了，聲音越來越大，轟隆轟隆，曾聰明急忙臥倒，心想該默唸什麼好呢？

是媽祖婆？是萬能的上帝？還是阿拉？

他還在想，郝優雅拉著他喊：「你看，雪花。」

雪花？

滿空都是白色的小紙片，在空中緩緩的飄哇飄哇，果然像下雪。數不清的紙花把視線遮蔽，遠遠近近，全都覆上一片白色紙片。撿起其中一片，上頭只有四個字：「日本投降」。

「早就知道了啦，差點兒被你嚇死了。」她望著飛機，又笑又罵。

滿天紙片中，廖金花就站在一幢洋樓外面，朝著曾聰明和郝優雅招招手。

「來我家看戲吧！」她笑著說。

「這是你家？」郝優雅很好奇，「你家是……」

「日本人逼我爸爸當保正，我們又沒辦法反抗他們，我只好到外面去演女俠廖金花。」

「那你叫做什麼名字？」

「我呀，我叫海薇……哎呀，別說了，日本投降了，我爸特別請紅鹿仙演一齣戲，來看戲吧！」

她說的沒錯，洋樓裡果然有陣鑼鼓響，歡歡喜喜。

洋樓大廳是各種西式的擺設，有沙發，有鋼琴，還有吊燈。

穿過大廳，經過一個小小的花園後，景色突然變了，這裡是海家的神明廳，香燭、水果擺在供桌上，裡頭是觀音菩薩的神像。

春帆樓的樂班細細吹奏，紅鹿仙的聲音在樂音中，帶點沙啞：

「今時恰逢日本投降，臺灣人重獲自由，不做扶桑國二等國民，感謝海大達先生邀請，本戲班今時今日，重新登臺獻演。」

鏘鏘鏘，鏘鏘鏘，戲臺上好不熱鬧：

「數百年前，就在大唐期間，有個齊天大聖孫悟空，陪師父唐三藏西天取經回來，又見扶桑國作亂，騷擾沿海百姓，於是，師徒四人決定東遊……」

聲音很熟悉，哈，是少年頭手阿雄在演布袋戲。

孫悟空真厲害，不但會七十二變化，還耍一把如意金箍棒，東遊日本，打得神偷桃次郎喊饒命。

那架飛機又飛了回來，搖搖擺擺，大概想把紙片撒完。

滿天的白色紙片飛舞。

曾聽明和郝優雅坐了下來。扶老攜幼，更多人走了進來。

戲很好看，樂曲很好聽，他們很容易就進入戲裡，隨著劇情，進入那個遙遠的年代。

看著看著，四周歡呼，哭泣，沮喪，興奮的聲音，似乎漸漸的遠了，遠了，越來越遠。

紙花落盡，天地朗朗，似乎只剩下一個老戲臺，就在他們面前，鏘鏘鏘鏘，出將入相。

「一九四五年，八月十五日，日本投降，結束了臺灣被日本人統治五十年的歷史。春帆樓又繼續在全國各地演出，直到一九七三年，這戲臺才因為電視興起，被收進戲曲博物館……」

這怪怪的聲音讓曾聰明想到：「這聲音，怎麼很像解說員？」

郝優雅跳起來大叫：「是啊，難道我們回到可能小學了？」

「什麼回到可能小學，你們本來就在可能小學。」

多娜老師正用她冷冷的眼神望著郝優雅。

郝優雅心直口快的喊：「老師，我們剛才回到臺灣被日本人統治的

時代，還碰見一位女俠廖金花，她其實是海薇……」她話匣子一開，就沒完沒了，沒看見全班同學就站在她四周，有的搖頭，有的嘆氣，要不是曾聰明把她的嘴摀住，她連山下跌倒都想好好介紹一番。

「日本統治臺灣時代？」

多娜老師看看投影燈下的老戲臺，黃澄燈泡在她眼裡，閃了一下。她難得的微微一笑說：「就剛才停電的那五分鐘，你們兩個就回到過去了？」

「老師，在可能小學沒有不可能的事啊，我真的回去了嘛！而且我還跟一個叫阿雄的少年頭手……」

這回可是郝優雅拉著多娜老師的手，嘰哩呱啦的想說，但全班同學可等不及了。

「郝優雅，下一節課快來不及了。」

「下一節是……」

「西伯利亞老師已經在操場搭好羅馬競技場，他……」

郝優雅把一肚子的故事全暫時吞到肚子裡，拉著曾聰明，拔腿就往外跑，她可不想錯過神鬼戰士格鬥那堂課。

本來看起來有點兒擁擠的可能博物館，在不到五秒鐘的時間，就顯得分外空曠了。

多娜老師離開前，再看了一眼投影機下的老戲臺，然後，很果決的關掉電燈。啪的一聲，博物館又變回原來的三層樓高透明球。

不過，還有個東西，就留在原來戲臺的正中央，那是個布袋戲偶，很新，彷彿剛做好似的，如果叫郝優雅回來看，她一定會認出來。

「這不就是五、六十年前，阿雄拿在手裡的孫悟空？」

日本投降

甲午戰爭後，日本得到了中國鉅額的賠償，不但發大財，又向中國額外索取臺灣與遼東半島當作新殖民地，一夕間成了亞洲的暴發戶。為了擴大戰果，日本政府把多數賠款用來加強軍備，先是發動日俄戰爭，然後吞併朝鮮（韓國），一次世界大戰爆發時也不缺席，派兵占領中國的青島和太平洋上德國的殖民地。

到了一九三七年，瘋狂的行徑來到最高點，這一年，日本發動全面的侵華戰爭，想要在三週內打敗中國，沒想到中國人民艱苦抗戰，戰爭一打八年，史稱「八年抗戰」。

八年戰爭打到第四年，日本人偷襲美國珍珠港，強占英國殖民地的香港，與德國、義大利聯手，掀起第二次世界大戰。

日本是個島國，要維持全面性的戰爭，必須要有多少的物力、人力？日本的野心分子看不到這些，他們瘋狂的進攻，完全聽不到平民百姓的痛苦呼喊。

一九四五年，美國在日本投下兩顆原子彈，原子彈的威力才終於讓這些窮兵黷武的野心家大夢初醒，日本天皇宣布投降，結束這段瘋狂的歷史，卻已經在全世界，造成一段無可彌補的創傷。

日本所發動的七七事變，日本人稱為「支那事變」，事變後一週年發行了紀念明信片。（圖片提供 / 小草藝術學院）

絕對可能任務——

親愛的小朋友，讀完這本書，是不是覺得郝優雅和曾聰明的驚險之旅很好玩呢？

想參加嗎？

先完成闖關任務吧！

任務1 日治西式建築連連看

日本明治維新之後，吸收西方文明，鼓勵學生到西洋留學學習建築，從此影響日本建築。西元一八九五年日本人治臺之後，西化風格也被引進臺灣，與臺灣傳統建築形成鮮明對比，這些建築或許就隱身在你我身邊。比對看看新舊照片，看看你能不能正確的將它們連起來。

鐵道部

臺大醫院

臺北州廳

臺北病院

臺中雙閣亭

臺中公園湖心亭

監察院

舊臺鐵總局

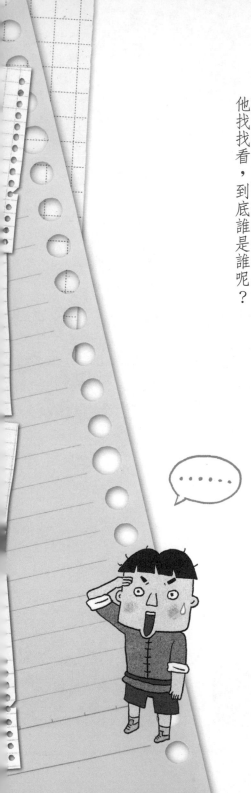

任務2 日治人物連連看

日本人將統治臺灣這個殖民地的成功或失敗，當作能不能和西方各國並駕齊驅的重要指標。為此，日人在臺灣著手進行各項現代化的建設。許多日本人帶著從西洋學習來的新知識技術，到臺灣總督府任職，一展抱負。他們在各領域發展所長，對臺灣的產業、經濟、社會、學術等，產生深遠的影響，也使得臺灣逐步邁入現代化的社會。

為了要記住這些人物，曾聰明把他們的著名事蹟寫在活頁紙上，然後分別為每個人畫了一張圖作為代表，可是卻一不小心把圖混在一起了。你能不能幫他找找看，到底誰是誰呢？

八田與一

日本石川縣人，1910年到臺灣總督府土木局任職，後轉任嘉南大圳水利組合，負責嘉南大圳的設計規畫，歷經十年建成長達一萬六千公里的嘉南大圳和烏山頭水庫，灌溉嘉南平原，讓許多旱田變成水田，為農民除去旱災、水災和鹽害三大問題，農業生產量大增。

磯永吉

日本廣島人，1912年到臺灣總督府農業試驗場任職，後轉任臺北帝國大學農業科。他發表歷經十多年實驗研發改良的蓬萊米品種，與日本稻米口感相近，並推廣新的兩期稻作方式，大大提高稻米產量。我們現在吃的米，大多都是蓬萊米與後來的改良品種。

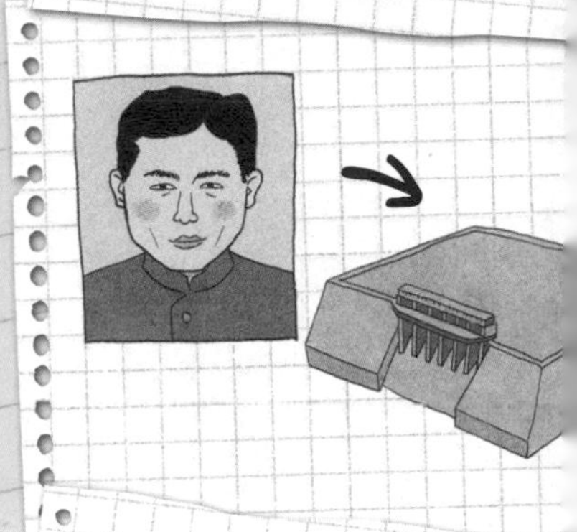

森山松之助

日本大阪人，1906年到臺灣總督府土木局任職，設計許多大型的官署建築，採用西式的建築風格，是臺灣建築風格的領導者。包括鐵道部廳舍（舊鐵路管理局）、臺中州廳（今臺中市政府）、臺北州廳（今監察院）、臺南州廳（今臺灣文學館）、專賣局（今臺灣菸酒公司）等等。如今這些建築都已成為古蹟。

伊能嘉矩

日本岩手縣人，歷史學家與人類學家。1895年以陸軍省雇員身分來到臺灣，任職於總督府民政局、舊慣調查會幹事等。在臺灣期間足跡踏遍全臺，調查原住民部落，記錄各地史蹟、碑文、寺廟等。他長期進行臺灣研究，為臺灣留下許多珍貴的紀錄，首先提出原住民分為八類（泰雅、阿美、布農、曹、賽夏、排灣、漂馬、平埔）的說法。

任務3

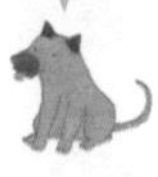

穿越迷宮，看戲去！

遠方的廟會快要演布袋戲了，聽說今天是阿雄主演。想看戲，就要穿過迷宮。想穿過迷宮，就要答對才行。只要你熟讀本書，想看到戲絕不是問題。走，看戲去吧！

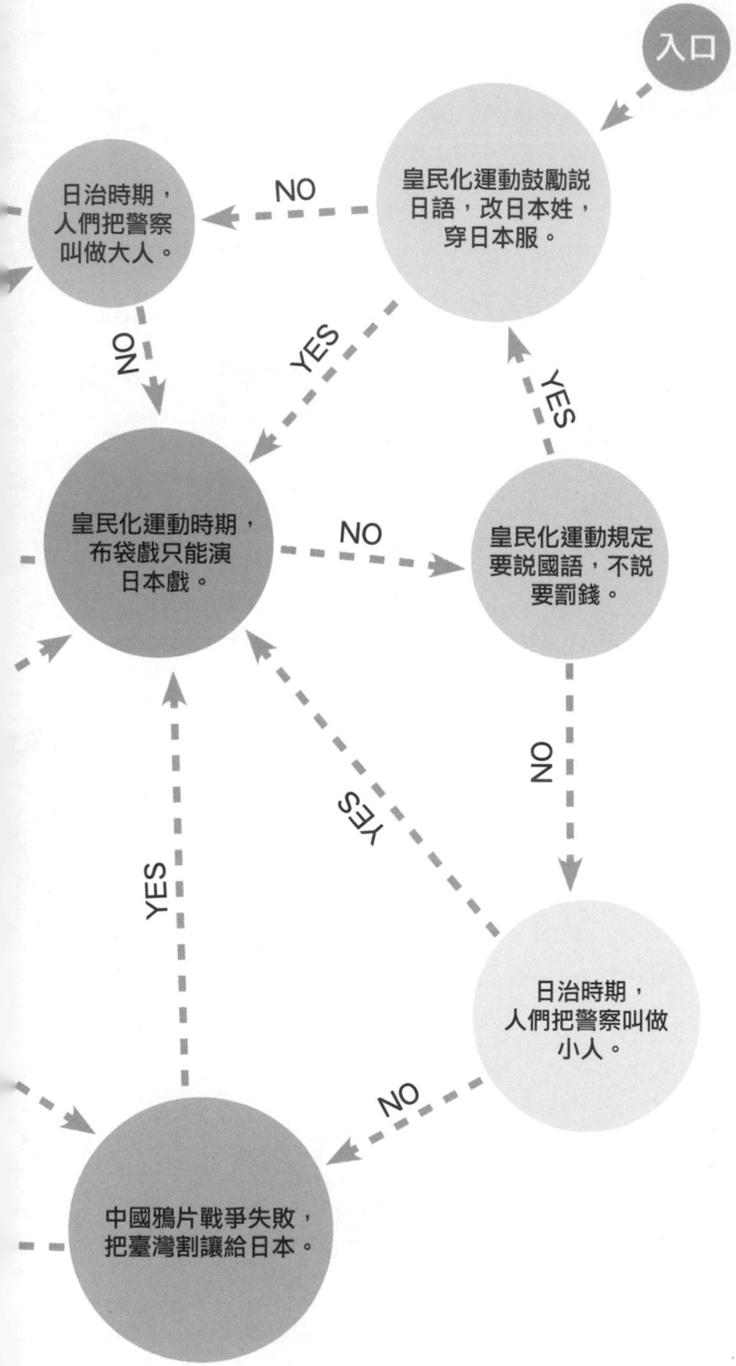
入口
皇民化運動鼓勵說日語，改日本姓，穿日本服。
NO
日治時期，人們把警察叫做大人。
NO
YES
YES
皇民化運動時期，布袋戲只能演日本戲。
NO
皇民化運動規定要說國語，不說要罰錢。
NO
YES
YES
日治時期，人們把警察叫做小人。
NO
中國鴉片戰爭失敗，把臺灣割讓給日本。

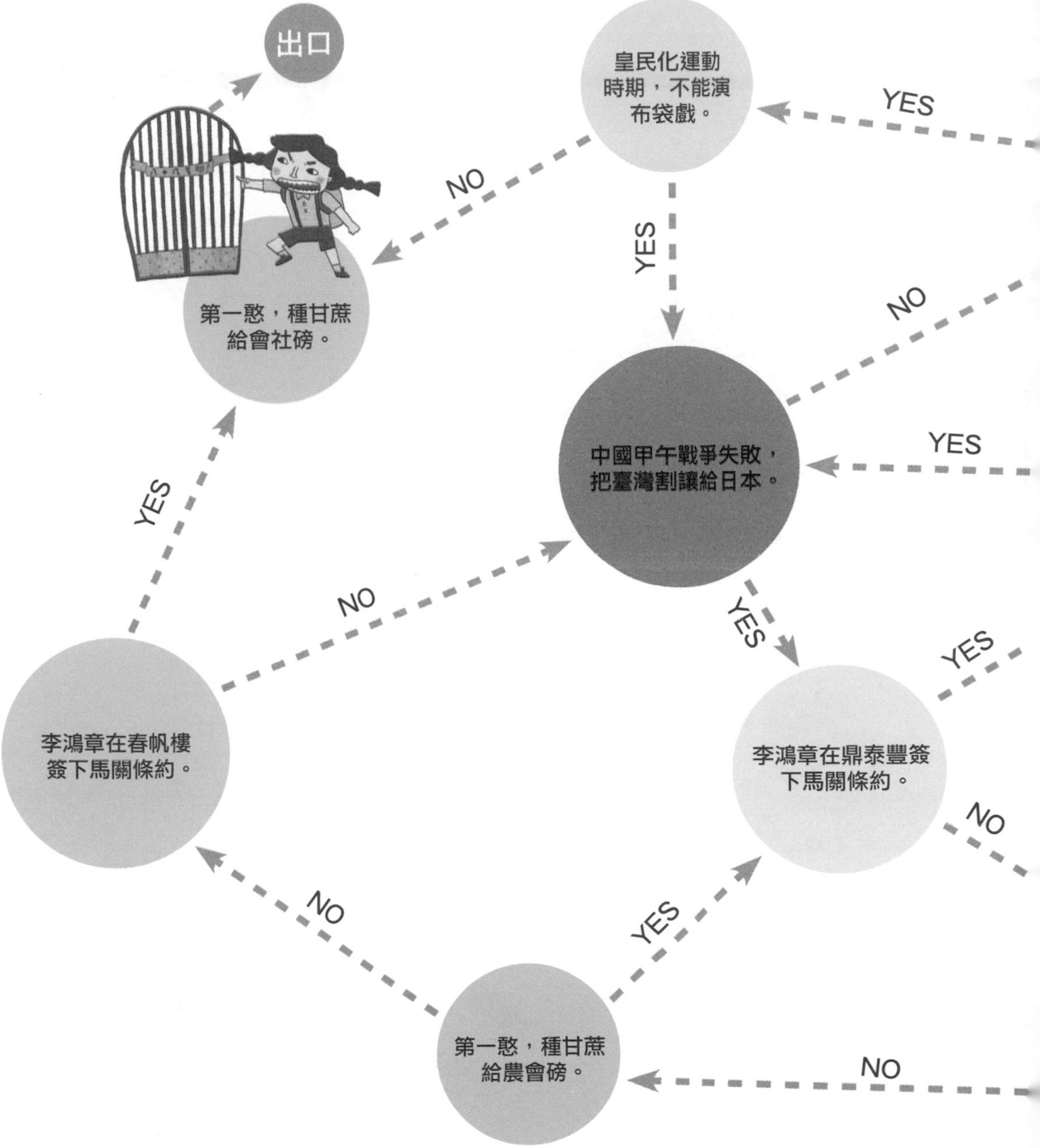
出口
皇民化運動時期，不能演布袋戲。
YES
NO
YES
第一憨，種甘蔗給會社磅。
NO
中國甲午戰爭失敗，把臺灣割讓給日本。
YES
YES
NO
YES
李鴻章在春帆樓簽下馬關條約。
YES
李鴻章在鼎泰豐簽下馬關條約。
NO
NO
YES
第一憨，種甘蔗給農會磅。
NO

任務4 跟著阿雄做布袋戲

想演布袋戲嗎？如果能自己做一個來玩，那會更酷喔。

來，跟著阿雄，用環保材料做個好玩的布袋戲偶吧！

材料：

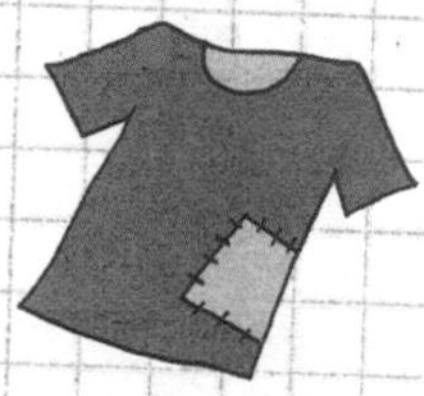

- 穿不下的舊衣服幾件

- 一個養樂多空罐

- 保麗龍膠

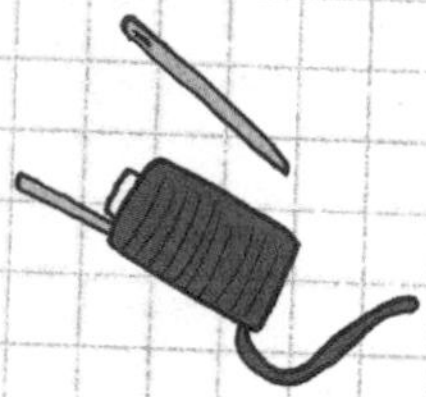

- 針線

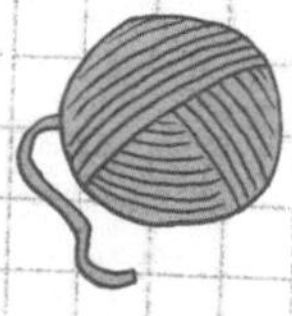

- 毛線

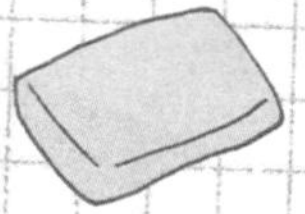

- 紙黏土

做法：

1 養樂多空罐裁半，留下半部當成偶頭，收縮的地方是脖子，倒過來的底部當成頭。

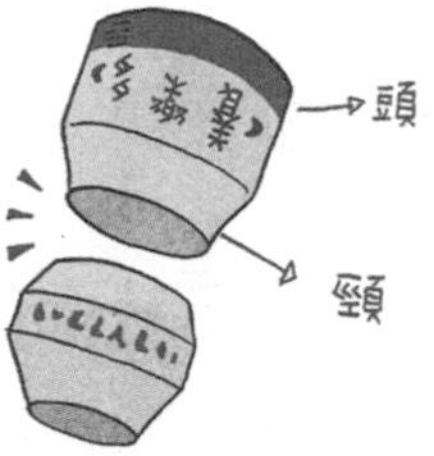

2 用紙黏土捏出兩隻鞋子和兩隻手。

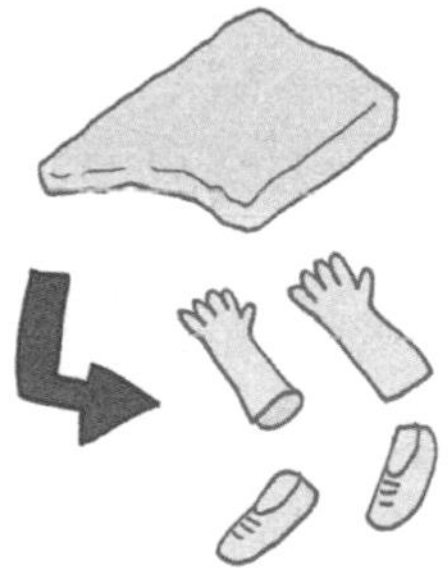

3 養樂多罐上面貼上布，將布料剪成嘴巴、眼睛黏上去，頭髮則用毛線黏上。

4 布料剪成下圖兩塊的形狀，上頭可以再黏上其他顏色的布做裝飾。

5 將上述材料用保麗龍膠組合黏製，就完成了。

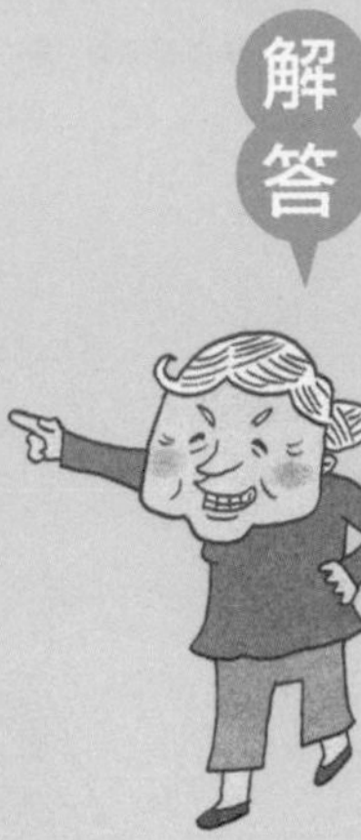

任務 1．日治西式建築連連看

答案：

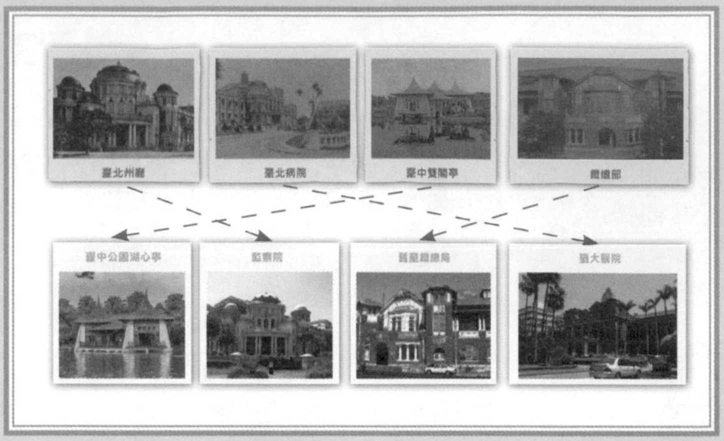

任務 2．日治人物連連看

答案：

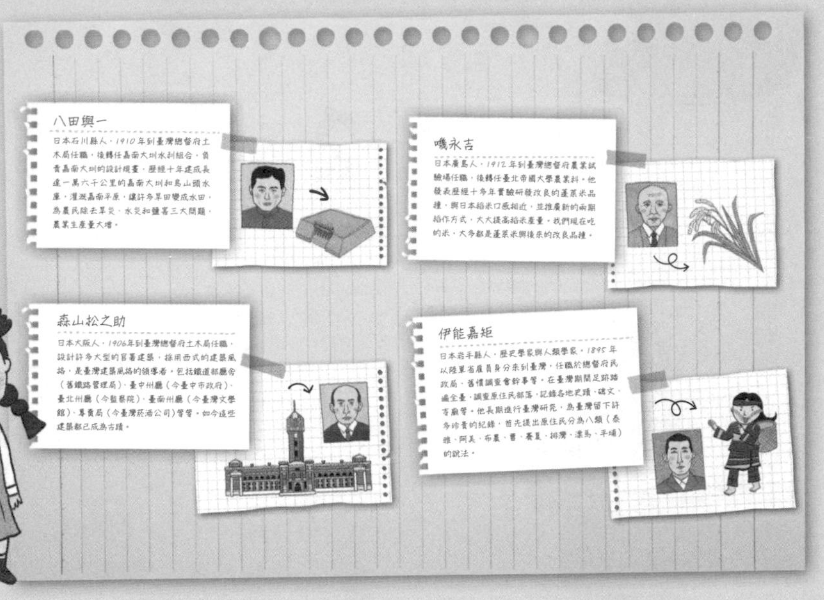

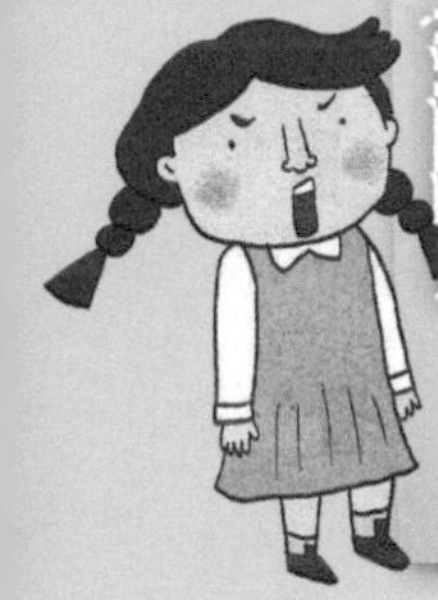

任務 3．穿越迷宮，看戲去！

答案：

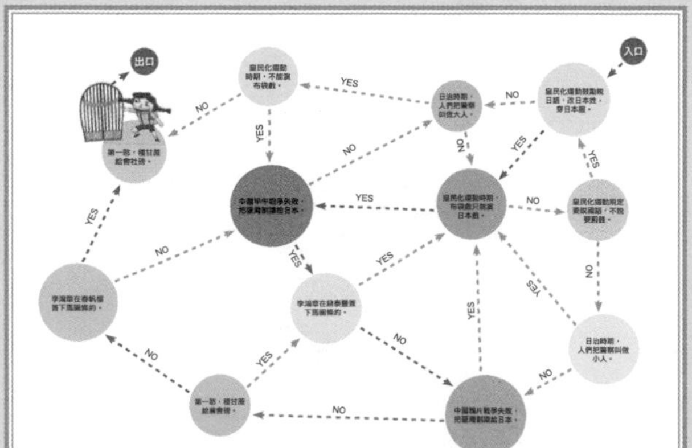

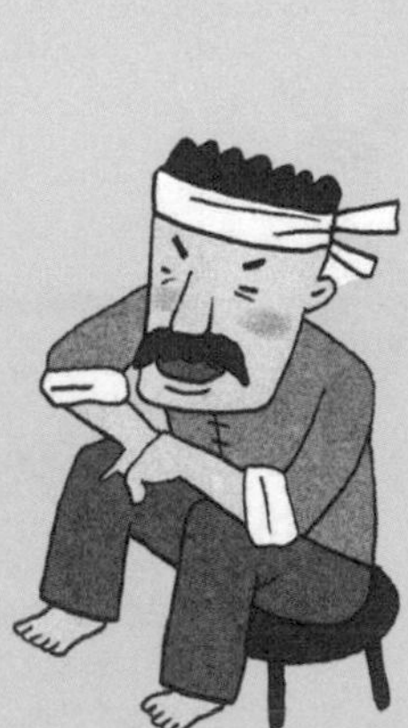

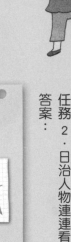

作者的話

臺灣歷史百萬小學堂

王文華

「歡迎光臨！」對面的白髮爺爺，手裡的枴杖上刻著VOC。

我心裡一陣奇怪，歡迎什麼呀？

「你有三次求救機會，call out，現場民調或是翻書找答案。」

「這……這是百萬小學堂？」

「不，」右手邊的爺爺穿著盔甲，「是臺灣歷史百萬小學堂。」

「可是我沒報名？」

「既來之則安之。」盔甲爺爺說，「第一題我問你，請想像出四百年前的臺灣。」

「四百年前的臺灣雞會生蛋，鳥會拉屎，對了，還有很多喔喔喔的印第安人出來。」

盔甲爺爺搖搖頭：「印第安人在美國，臺灣的原住民分成很多族，荷蘭人最常接觸的是西拉雅人。」

「是是是，」我重新再想一遍回答：「四百年前，臺灣島上，原始森林密布，平原上梅花鹿成群，島上居民怡然自得，那時的天是藍的，地是綠的，藍汪汪，綠油油。

對了，四百年前，海盜顏思齊把臺灣當成基地，躲官兵、藏寶物，不過，顏思齊不厲害，厲害的是他手下的鄭芝龍。鄭芝龍有經營管理的頭腦，把打家劫舍的海盜船隊，帶隊投降明帝國，當起水師，在明帝國與清兵爭天下的年代，鄭芝龍在福建與臺灣、日本間，迅速擴張自己的力量，想要在臺灣附近經商的船隊，不管是漢人還是西洋人，都得聽他的話。」我一口氣說完。

兩個爺爺很高興：「你懂了，可以開始了。」

「現在才開始？」

「第一題來啦，沈葆楨來臺灣，為什麼臺灣的羅漢腳仔都很高興？

一、沈葆楨開山撫番，開闢三條東西橫貫步道。

二、沈葆楨建炮臺防範日本，像億載金城。

三、沈葆楨請清廷廢掉禁止人民來臺令。」

「嗯，這個嘛……是一嗎？」

白髮爺爺搖搖頭。

「難道是二？」

盔甲爺爺笑一笑。

「不會是三吧？」

左手邊還有個爺爺打瞌睡。

我想不出來，只好要求：「我要 call out。」

我拿出手機趕快撥給爸爸，他對臺灣歷史熟。可是我爸手機沒開。

我再撥給我們學校校長，他年高德劭，對臺灣一定也……

……嘟……嘟……這是空號，請重新撥號……

「時間快到了。」白髮爺爺提醒我。

我靈機一動：「我撥給誰都可以嗎？」

他點點頭。

「請問您電話幾號？」

白髮爺爺沒料到這一招，他笑了：「我直接告訴你吧，是三，廢掉禁令，婦女可以來臺灣，羅漢腳仔也能娶媳婦，大家都高興。」

「好啦，第二題來了，」盔甲爺爺拍一下桌子，「下列物品，哪樣是臺灣最早的世界第一？樟腦、筆電、腳踏車、網球拍、鹿皮或蔗糖。」

「不公平，哪有一次給這麼多選項。」

盔甲爺爺又拍了一下桌子，桌子垮了。

「想當可能小學五年級社會科老師，就得闖過小學堂。」

「我……」我想不出來，「我要求救，民調。」

「你調吧！」他坐回去，翹著腿，抖呀抖的，椅子現在也岌岌可危。

「選一的請舉手。」

兩個爺爺舉手；第三個在點頭，點頭不是贊成，因為他在打瞌睡。

「能請他認真一點，不要再……再睡了？」我指指瞌睡爺爺。

「我們只問自己，不管別人。」

「那，選二的請舉手。」

又是兩人舉手，一人點頭。

「選三的……」

又……

「我不玩了，你們每樣都舉手，我怎麼過得了關？」

「那我們每樣都不舉手，行了吧。」白髮爺爺說到做到，後來的選項他雙手放在頸後，一臉優閒。

民調不可信，我只能自立自強，不會是筆電，因為球鞋和網球拍比他們更早，不會是蔗糖，巴西蔗糖更多，那鹿皮和樟腦？

「我選樟腦，鹿皮好像很多地方也都有。」

白髮爺爺搖搖瞌睡爺爺：「該你了，臺灣在清帝國時樟腦世界第一他猜出來了。」瞌睡爺爺留著八字鬍，說話像個外國人。

「日本時代有句諺語，叫做第一憨種甘蔗給會社磅，日本人收購甘蔗的價格低到離譜，讓農民入不敷出，有時連肥料錢都不夠，結果引起什麼事件，變成了臺灣農民運動的起源？」

「選項呢？」

「剛才你嫌多，現在都取消了，快回答，你有三十秒。」

「我……」我想起還有一個求救，「我要翻書找答案。」

「請！」

「這裡沒書。」

「你得自己想辦法。」

「我要抗議。」

「抗議不成立，而且時間到，你闖關失敗，明年再來。」

「我不……我……你們至少提供書讓考生翻呀。」

盔甲爺爺瞅了我一眼：「受不了你，拿去吧，看完，明年再來考吧。」

就這樣，我被推到門口，我低頭看看手裡的書：【可能小學的愛臺灣任務】。

「讀這書可以當臺灣史的老師？」

「真的嗎？」

「這……」

於是我翻開書，進入愛臺灣的任務……

審訂者的話

發現歷史的樂趣

吳密察／國立故宮博物院院長

學校裡的歷史教科書，似乎總是不太有趣。要不是淨是一些人名、年代、戰爭、條約、制度，需要背誦記憶的零碎資訊，就是一些太過簡化的經濟貿易、社會結構之敘述。從內容來看，歷史教科書裡的歷史大都是大人們，尤其是（偉）大人物們的事業功績、思想作為，或者是國家、社會之結構和發展上的大事。對於孩童來說，這都未免太難以理解，或是太沉重了。況且，教科書的分析常失之簡化，甚至還經常是在極端簡化的分析之後，做了非常具有意識型態或道德的評斷。

其實，歷史原本應該是相當有趣的。因為歷史雖然是確實存在過的「過去」，但是這些「過去」卻必需要經過人為的挑選與組合，甚至解釋，才能夠重新被認識。因此，歷史是要靠人去「發現」的，甚至還可以說是要靠人去「製作」的。

當然，歷史並不是被恣意的「發現」、「製作」的。「發現」與「製作」歷史的過程，需要有材料（史料），也需要有技藝（方法），當然還自然會存在著「發現者」、「製作者」的意識型態。這種「發現」、「製作」出來的歷史，是一個可以被檢證與討論的，具有理路脈絡的「論述」。它不但有類似某人姓啥名誰的這種純粹事實，也有根據史料的推理臆測，也有被容許範圍內的想像，當然還有價值判斷。因此，歷史應該是非常吸引人的一種知識和知識的探索工作。但是我們的歷史教科書卻難以引領學生思考，只提供一些經過編寫者選擇而且做出評斷的「史實」，讓學生只能被動的接受和記誦這些教科書所給的資訊和結論。於是，我們想要用比較有趣的體裁（文學、電影……），來補助歷史教科書的不足，或「解救」歷史教科書的無趣。

對於兒童來說，自從有了腦筋急轉彎、周星馳式的無厘頭喜劇大行其道、哈利波特式的奇幻小說電影舉世轟動之後，小說、電影人物不但可以穿梭不同時空，也可以轉換成各種異形，大大的擴展了想像空間。

孩童的閱讀世界，甚至日常生活的行為、言談，也呈現各種新的型態和流行。腦筋急轉彎、無厘頭、搞笑、ＫＵＳＯ……，相對於持平莊重、按部就班、娓娓道來這些顯得古色蒼然、枯燥無趣的表現方式，便新鮮活潑而且變得討好了。

不過，這種虛虛實實、虛而又實實而又虛、來去於未來與過去之間、乎焉在此又乎焉在彼的孩童讀物，如何來陳述歷史呢？由作者選出一些「歷史事實片段」嵌入小說情節當中，這個方式也容易出現歷史斷片化或過度簡化的情況。這套書的解決方式是以穿插書中的「超時空報馬仔」和書後的「絕對可能任務」提供的歷史知識來加以調和。

即使如此，這仍然是屬於作者所製作和發現的歷史。我倒是建議家長們以此為起點，引領孩子想一想：

- **小說與歷史事實的差異在哪裡？**
- **哪些是可能的，哪些不可能？**
- **還有沒有別的可能？**

小說和歷史的距離，也許正是帶領孩子進一步探索、發現臺灣史的一種開始。

推薦人的話

超時空報馬仔

柯華葳／中央大學學習與教學研究所榮譽教授

時間是抽象的，而存於時間中的人物對兒童來說是模糊的。我們曾經研究學童對一些叫得出名號的歷史人物有多認識，結果發現，對兒童來說，這些人物是故事中的主角。以媽祖和關公為例，多數孩子見他們在廟裡端正坐著，接受善男信女膜拜，雖讀過一點三國演義以及課本中林默娘的事跡，還是不很確定他們是真人，更不用說人、神之分。當輔以照片，大多數學童則以外貌，如鬍鬚、衣著、髮型判斷誰最有年紀，忘了他們的時空背景。

事實上，人物、事件與背景是歷史和故事都必須有的元素。歷史與故事的差異不大，這也是歷史吸引人，可以不斷的被轉化成電視劇、電影甚至電玩的原因。不過，當故事說：「從前，從前……」，對說故事和聽故事的人來說，只是一個開場，但對歷史來說，那就是學問了。在時空條件下，根據史料，詮釋歷史事件的原因和影響是讀歷史需要的訓練。當然，這當中避不開詮釋者受本身條件的影響。就像在歐洲重要博物館中有許多聖母瑪利亞的畫像。由瑪莉亞身上的穿著，可以看出畫家所處的年代以及當時有的顏料。十三世紀畫家給世紀初的瑪利亞穿上十三世紀的衣服，十五世紀畫家則給她穿十五世紀的衣服。我們讀歷史也會以今釋古。

但是對兒童來說，今古不分外，他們也不容易分辨傳說、故事與史實。因此閱讀歷史更顯其重要性。閱讀歷史，一方面在認識前人的作為，對世界各地、各種文化與其變遷有所認識。另一方面認識時序脈絡、空間因素和歷史事件的關係，進而理解不同世代的人對同一事件可能會有物換星移，很不一樣的見解，例如不同時代所撰寫秦始皇的功與過。不過讀史最重要的是，認識自己與歷史的關係，不論是解釋歷史或是以史為鑑。這大概是歷史教育的至終目標。

【可能小學的愛臺灣任務】寫的是荷蘭、鄭成功、劉銘傳和日治時代的臺灣。作者王文華以故事說歷史，其中有真人真事，也有虛擬的人，還有作者自己的解釋以為串場，將史料連結，讓學生更生動有趣的閱讀。而為幫助學生不至於只見故事不見史，作者整理與設計了「超時空報馬仔」，把與故事有關的史料一併呈現。兩相對照閱讀下，我們期許小讀者認識自己生長的土地，是許多有活力、勇敢、視野寬廣的前人生活過的地方。更期許小讀者慢慢養成多元的觀點，學著解釋這些過去與自己的關係，找著自己安身立命的根基。

推薦人的話

愛臺灣，從認識臺灣開始

林玫伶／前臺北市國語實小校長、清華大學客座助理教授

「深耕本土、迎向世界」，是臺灣主體教育的重要理念。新一代不能只對唐堯虞舜夏商周倒背如流，卻對臺灣的荷西、明鄭、清領、日治搞不清楚；新一代不能只知道拿破崙、羅斯福，卻沒聽過有「鄭氏諸葛」之稱的陳永華，或是對臺灣近代化有重大影響的沈葆楨。

認識臺灣，是一種尋根的歷程，是一種情感的附依，更是一種歷史感的接軌。我們教育下一代要對在臺灣這塊土地的人民同等尊重、兼容並蓄，可知臺灣不論在哪個時代，早就同時存在不同類型的文化。多元文化的擦撞與妥協、衝突與融合，早已是臺灣歷史的一大特色。

我們教育下一代要有國際觀、放眼世界，可知臺灣這個海島資源有限，每個時代都與外界關係密切，重視貿易、國際競逐，早已是臺灣歷史的重要一頁。

歷史絕不只是寫「死人的東西」，它活生生的與我們文化、思想、行為、生活產生交互作用。生為臺灣人，認識臺灣本來就不需要理由，如果需要，那麼，我們或許可以這樣說：「它告訴我們這塊土地的故事，它的過去，正不斷影響我們的現在和未來！」

然而，許多孩子只要一聽到歷史就想打瞌睡，除了教科書上堆砌著無聊的年代、人名、地名外，歷史的長河被壓縮成重要的大事件記，一兩頁就道盡數十、數百甚至數千年的光陰流轉，難以讓讀者產生感動，更遑論貼近這片土地的共鳴。

很慶幸的有這套專門為孩子寫的臺灣史，作者以文學的形式描繪歷史，不僅在敘述上充滿懸疑的故事、冒險的情節，容易讓孩子產生閱讀的樂趣；另一方面，作者各選定荷西、明鄭、清領、日治四個時期的某一段史實，透過兩個主角的跨時空體驗，能讓讀者身歷其境，腦中勾勒出活跳跳的畫面，有助於現場感的沉浸、對過往同情的理解。相較於一般臺灣史故事的寫法，本套書雖然以較長的篇幅，描述類似斷代的生活故事，但對孩子而言，激發對史實的興趣、提煉深刻的思考，都比灌輸知識更有意義。

愛臺灣的第一步，無疑從認識臺灣開始。孩子學習臺灣史，對臺灣的關懷與熱情將更有著落，對土地的尊敬與謙虛將更為踏實；而要讓孩子「自動自發」認識臺灣史，那就給他一套好看、充實又深刻的臺灣史故事吧！

可能小學的愛臺灣任務 4

大人山下跌倒

作者｜王文華
繪者｜徐至宏
圖片提供｜小草藝術學院、吳梅瑛、黃智偉、Shutterstock

責任編輯｜張文婷、李寧紜
特約編輯｜吳梅瑛、劉握瑜
封面設計｜李潔
美術設計｜蕭雅慧、丘山
行銷企劃｜翁郁涵

天下雜誌群創辦人｜殷允芃
董事長兼執行長｜何琦瑜
媒體暨產品事業群
總經理｜游玉雪
副總經理｜林彥傑
總編輯｜林欣靜
行銷總監｜林育菁
副總監｜李幼婷
版權主任｜何晨瑋、黃微真

出版者｜親子天下股份有限公司
地址｜台北市 104 建國北路一段 96 號 4 樓
電話｜（02）2509-2800　傳真｜（02）2509-2462
網址｜www.parenting.com.tw
讀者服務專線｜（02）2662-0332　週一～週五：09:00~17:30
讀者服務傳真｜（02）2662-6048　客服信箱｜parenting@cw.com.tw
法律顧問｜台英國際商務法律事務所 ・ 羅明通律師
製版印刷｜中原造像股份有限公司
總經銷｜大和圖書有限公司　電話：（02）8990-2588

出版日期｜2022 年 12 月第二版第一次印行
2024 年 8 月第二版第二次印行
定價｜350 元
書號｜BKKCE032P
ISBN｜978-626-305-340-3（平裝）

訂購服務
親子天下 Shopping｜shopping.parenting.com.tw
海外・大量訂購｜parenting@cw.com.tw
書香花園｜台北市建國北路二段 6 巷 11 號　電話（02）2506-1635
劃撥帳號｜50331356 親子天下股份有限公司

立即購買 >
有聲故事書

國家圖書館出版品預行編目資料

大人山下跌倒/王文華文；徐至宏圖. -- 第二版.
-- 臺北市：親子天下股份有限公司, 2022.12
144面；17×22公分. --
(可能小學的愛臺灣任務；4)
注音版
ISBN 978-626-305-340-3(平裝)

863.596　　111015698